독고진 장편 소설

FUSION FANTASTIC STORY

100마일
100MILE

100마일 6

독고진 장편 소설

초판 1쇄 찍은 날 § 2015년 5월 20일
초판 1쇄 펴낸 날 § 2015년 5월 27일

지은이 § 독고진
펴낸이 § 서경석

편집책임 § 한준만

펴낸곳 § 도서출판 청어람
등록번호 § 제387-1999-000006호
등록일자 § 1999. 5. 31
어람번호 § 제1-2134호

주소 § 경기도 부천시 원미구 부일로 483번길 40 서경B/D 3F (우) 420-822
전화 § 032-656-4452 팩스 § 032-656-4453
http://www.chungeoram.com
E-mail § chungeorambook@daum.net

ISBN 979-11-04-90245-1 04810
ISBN 979-11-04-90145-4 (세트)

독고진 장편 소설

FUSION FANTASTIC STORY

100마일

100MILE

청어람
도서출판

100마일
100MILE

CONTENTS

Chapter 1

쾅작!

"빌어먹을!"

제프는 TV를 향해 리모컨을 집어 던졌다.

충격적인 데뷔전을 치르고 있는 차지혁의 모습을 보고 있자니 속에서 쓴 물이 올라올 정도였다.

양키스라는 제국을 거부하고 다저스와 계약을 한 차지혁에게 복수를 하기 위해 치졸한 짓까지 했다.

뉴욕 언론은 물론, 조금이라도 인맥이 닿는 지역 언론사들과 한국의 언론사까지 모조리 동원해서 차지혁 깎아내리기에

온 힘을 다 기울였다.

그 결과 차지혁에 대한 이미지를 상당히 부정적이고 비관적으로 만들기에 성공했다.

더불어 차지혁에게도 어느 정도 심리적인 타격을 줬다고 생각했다.

시범 경기 내내 홈런을 맞으며 불안한 모습을 보였으니 시즌 경기에서는 더욱더 형편없는 경기력을 보여줄 것이라고 확신하고 있었다.

필 맥카프리가 부상으로 개막 경기에 나오지 못해 그 자리를 메우기 위해 차지혁이 선발로 등판한다고 들었을 때까지도 제프는 의기양양했다.

시즌 홈 개막전을 데뷔전으로 장식한다는 건 무척이나 떨리는 일이기 때문이다.

차지혁의 시범 경기 성적이 나쁜 건 아니지만, 그건 일반적인 투수들과 비교했을 때의 이야기일 뿐.

2억 5천만 달러짜리의 신인 투수에게는 굉장히 불안스럽게 보일 수밖에 없는 일이었다.

완전히 무너져서 최소 한두 달은 슬럼프에 빠진다!

제프의 예상이었다.

그런데…….

─지혁 차! 21번째 삼진을 잡아냅니다! 또다시 새로운 기록을 달성했군요! 정말 믿기지 않는 모습이라 더는 할 말이 떠오르지도 않는군요!

메이저리그 역사에 기록될 사상 최고의 데뷔전을 치르고 있었다.

15타자 연속 삼진이라는 충격적인 기록을 세웠고, 또다시 21번째 삼진을 잡아내면서 9이닝 최다 탈삼진 기록이었던 20개를 넘겨 버렸다.

사실상 한 경기 최다 탈삼진 기록은 15타자 연속 삼진을 잡았을 때부터 깨질 기록이라 여겼다.

문제는 몇 개나 달성하느냐였다.

"8회……."

제프가 작게 중얼거렸다.

차지혁에게는 아직 1회가 더 남아 있었다.

삼진을 하나라도 더 잡으면 한 경기 최다 탈삼진 기록이 21개에서 22개로 늘어난다.

158년이라는 긴 메이저리그 역사 동안 한 경기 최다 탈삼진 기록인 20K를 달성한 투수는 오직 세 명, 로저 클레멘스, 케리 우드, 랜디 존슨이 전부다.

그런데 동양에서 건너온 19세의 어린 투수가 158년 메이저리그의 기록들을 데뷔전만으로 갈아치우고 있었다.

15타자 연속 삼진, 21탈삼진, 투수 데뷔전 홈런.

"퍼펙트……."

퍼펙트게임까지 단 1이닝을 남겨뒀을 뿐이다.

제프는 경악을 넘어서 두려움마저 느껴졌다.

메이저리그 역사상 가장 위대한 투수가 될지도 모를 차지혁의 모습이 거인처럼 느껴졌다.

자신이 했던 복수극들조차 차지혁에게는 아무런 영향을 미치지 못했다는 사실이 참담하면서도 허탈하게 느껴지는 제프였다.

오늘 경기에서 만약 퍼펙트게임을 만들어 낸다면 차지혁이라는 이름이 미국 전역을 뒤흔들 건 자명한 일이었다.

그에 대한 사람들의 폭발적인 관심과 사랑은 불 보듯 뻔한 일이다.

더불어 차지혁을 영입한 LA 다저스의 위상도 한층 높아질 거다.

메이저리그는 곧 뉴욕 양키스라는 신조로 살아온 제프에게 LA 다저스의 명성이 높아지는 건 상당히 불쾌한 일이고, 감당할 수 없는 문제다.

지이이잉. 지이이잉. 지이이잉.

테이블 위에 올려놓은 핸드폰이 진동을 하며 전화가 왔음을 알려왔다.

액정 화면에 뜬 이름을 확인한 제프의 표정이 잔뜩 일그러졌다.

양키스 제국의 왕, 구단주였다.

무슨 전화일지 뻔했다.

차지혁을 영입하지 못한 것에 대한 분노, 무능력한 제프에 대한 힐난.

"빌어먹을! 으아아아아아아—!"

제프의 사무실이 다시 한 번 폭격이라도 맞은 듯 깨지고 부서지기 시작했다.

*   *   *

9회 초.

더그아웃을 나와 마운드로 올라가는 동안 한 명도 빼놓지 않고 일어서 있는 관중들의 모습이 눈에 들어왔다.

세상의 모든 투수가 그토록 원하는 단 하나의 게임.

바로 퍼펙트게임.

그 퍼펙트게임이 눈앞에 있었다.

'여기까지 와버렸네.'

첫 타자를 삼진으로 잡았을 때만 하더라도 이런 결과를 향해 달려갈 거라고는 상상도 못해봤다.

1회 3명의 타자를 모두 삼진으로 잡았을 때만 하더라도 오늘 컨디션이 참 좋다고 여겼다.

그러던 것이 5회까지 연속적으로 이어지며 새로운 기록을 썼고, 타석에서는 홈런까지 쳤다.

8회에는 21번째 삼진을 잡으면서 또 다른 기록마저 갈아치웠고, 이제는 퍼펙트게임이라는 위대한 업적에 단 3개의 아웃 카운트만 남겨 놓고 있는 중이다.

7번, 8번, 9번.

하위 타선만이 남았다.

실질적으로 8부 능선까지 넘었다고 볼 수 있다.

물론 퍼펙트게임이라는 게 9회에 깨지는 경우가 상당히 많기는 하다.

투수는 체력이 떨어진 상황에서 심적 부담감이 최고조에 달해 있으며, 타자들은 어떻게든 저지하기 위해 마지막 의지를 불태우며 집중력을 최대로 발휘하니까.

그렇다 하더라도 상위 타선을 상대로 투구하는 것이 아니라 확률적으로는 분명히 높았다.

"후우우우우."

데뷔전에서 퍼펙트게임을 달성한 투수는 역사적으로 없다.

메이저리그는 물론, 그 어떤 나라에도 존재하지 않는다.

진정한 의미에서 세계 최초라 부를 기록이다.

여기에 몇 가지를 더 넣자면, 신인 투수가 개막전 선발 홈경기에서 퍼펙트게임을 달성한다는 건 인류가 멸망하는 그 순간까지 다시 나오지 않을 기록이 될 가능성이 무척이나 높다.

한국에서는 아쉽게도 퍼펙트게임을 놓치고 말았다.

"오늘은 해내자."

굳게 의지를 다지며 마운드 위에 섰다.

타석에는 에디 앤더슨이 배트를 짧게 쥐고 서 있었다.

15타자 연속 삼진 기록을 멈추게 만든 타자다.

솔직히 밉다거나 복수하고 싶다는 감정 따윈 없었다.

어떤 의미에서 본다면 지금 퍼펙트까지 올 수 있도록 만든 타자일지도 몰랐다.

솔직히 아닌 척했어도 연속 타자 삼진에 대한 주변의 압박감이 상당했었으니까.

쇄애애애액.

퍼엉!

"스트라이크!"

몸 쪽 무릎 위를 아슬아슬하게 스치고 지나가는 포심 패스트볼이 에디 앤더슨의 얼굴을 더욱 딱딱하게 굳혔다.

퍼펙트게임을 달성한 투수는 엄청난 영광을 얻게 되지만, 반대로 퍼펙트게임을 헌납한 타자들은 치욕스러운 불명예를 안을 수밖에 없다.

부웅!

퍼엉!

"스트라이크!"

주심의 목소리가 그 여느 때보다도 크게 들렸다.

주심 역시 퍼펙트게임에 대한 부담감이 있을 수밖에 없다.

볼 판정 하나하나에 희비가 엇갈리는 상황이라 최대한 오심을 내리지 않도록 집중을 해야 했다.

세 번째 공은 파워 커브였고, 아슬아슬하게 스트라이크 존을 벗어났다.

토렌스가 미트질을 하며 스트라이크 판정을 이끌어 내려고 했지만, 아쉽게도 이번에는 통하질 않았다.

덕분에 타석에서 굳어 있던 에디 앤더슨의 표정이 풀리고 있었다.

'길게 갈 것 없이 빠르게 승부를 본다.'

체인지업 사인을 보내는 토렌스에게 고개를 저으며 포심 패스트볼의 사인을 줬다.

스트라이크 존을 겨우 통과할 수 있을 정도의 낮은 코스, 전력으로 던질 작정이다.

어설프게 타자를 유인하기보단 정면으로 승부를 보겠다는 의지다.

8회가 끝나고 부쩍 힘이 떨어졌지만, 마지막 이닝이었기에 남아 있는 모든 힘을 끝까지 짜낼 준비가 되어 있었다.

어차피 이번 이닝을 끝으로 더 이상 공을 던질 필요가 없으니 힘을 남겨둘 필요도 없었다.

그 어떤 변화구보다 낮게 깔려서 들어오는 강력한 포심 패스트볼이 타자에게는 가장 위협적이다.

바로 그 공을 에디 앤더슨에게 던졌다.

부—웅!

"스윙! 타자 아웃!"

방망이가 닿기도 전에 공이 토렌스가 내밀고 있던 포수 미트 안으로 송곳처럼 파고들었다.

시끄러운 환호대신 박수 소리만 들려왔다.

98마일의 낮게 깔려 들어가는 포심 패스트볼로 22번째 삼진을 잡아냈다.

고개를 떨구고 돌아서는 에디 앤더슨을 대신해서 8번 타자 조시 벨라가 들어섰다.

키가 크고 팔이 긴 타자라서 스트라이크 존을 좌우로 공략하기가 쉽지는 않았지만, 배트 스피드가 떨어지고 타격 센스가 부족해서 위협적이지는 않았다.

딱.

1스트라이크 1볼 상황에서 낮게 떨어지는 체인지업에 배트가 살짝 걸리면서 타구가 힘없이 내 앞으로 굴러왔다.

타구를 확인하기가 무섭게 조시 벨라가 1루를 향해 전력으로 내달렸지만, 서두르지 않고 침착하게 글러브로 공을 잡은 후에 1루로 송구를 했다.

"아웃!"

한참이나 부족했음에도 조시 벨라는 무척이나 억울하다는 듯 헬멧을 바닥에 집어 던지며 분한 모습을 보였다.

이제 마지막이다.

단 하나의 아웃 카운트만 남았다.

내셔널리그였기에 9번 타자는 투수가 나올 차례였지만, 샌디에이고 파드리스에서는 어떻게든 퍼펙트게임만큼은 면하고 말겠다는 집념으로 대타를 내세웠다.

대타로 나선 타자는 다름 아닌 크리스 브라이언트.

BA 올해의 마이너리그 선수상을 수상했을 정도로 2014년 최고의 초특급 유망주로 이름을 떨쳤던 크리스 브라이언트는 시카고 컵스에서 최고의 선수 시절을 보낸 대형 3루수였다.

3차례나 홈런왕에 오를 정도로 무지막지한 파워를 자랑했던 크리스 브라이언트는 시카고 컵스와 3억 달러가 넘는 초대형 계약을 맺었지만, 계약 3년 차부터 잦은 부상에 시달리며 기량이 급격하게 떨어지고 말았다.

기량이 떨어지니 성적이 곤두박질쳤고, 멀쩡한 상태에서도 항상 후보 선수로 기용되다 보니 컵스와의 불화 끝에 스스로 트레이드를 자처해서 샌프란시스코 유니폼을 입었지만, 여전히 성적은 바닥을 기어 다녔다.

이번 스토브리그에 다시 한 번 트레이드가 되어 샌디에이고 유니폼을 입고 마지막 부활을 꿈꾸는 선수가 크리스 브라이언트였다.

'트라웃은 확실하게 부활을 알렸지.'

크리스 브라이언트는 마이크 트라웃과 어떤 의미에서 굉장히 비슷했다. 물론 트라웃은 부상으로 인해 강제로 몇 년을 쉬었지만.

35살, 36살의 비슷한 또래이자, 메이저리그를 호령했던 초대형 타자들로 선수 생활의 마지막 불꽃을 지피고 있었다.

타석에 선 크리스 브라이언트는 강렬한 눈으로 날 노려보고 있었다.

퍼펙트게임을 깨야 한다는 의지보다는 투수를 상대로 반드시 안타를 치고 말겠다는 집념이 보였다.

그러나…….

부―웅!

크게 헛도는 배트와 완만하게 꺾이며 포수 미트에 박혀 버리는 공.

23번째 삼진.

메이저리그 데뷔전 퍼펙트게임.

훗날 사람들은 이날의 경기를 메이저리그 최고의 경기 중 하나로 손꼽았고, 전설의 시작이라고 불렀다.

샌디에이고 파드리스 vs LA 다저스.

최종 게임 스코어 0 : 8.

당일 MVP 차지혁(LA 다저스, 투수).

신인 투수 데뷔전 퍼펙트게임.

15타자 연속 삼진 신기록.

9이닝 23탈삼진 신기록.

6회 2점 홈런(시즌 1호).

*   *   *

충격과 공포의 데뷔전.

LA 다저스의 신인 투수 차지혁의 개막전 선발 데뷔전이 끝나기가 무섭게 미국 전역이 들끓었다.

미국뿐만이 아니었다.

차지혁의 고국인 한국은 당연했고, 일본과 대만을 넘어 메이저리그에 대한 관심이 높은 국가와 지역이라면 차지혁에 대한 기사를 쉽게 볼 수 있었다.

특히 인터넷에서의 열기는 이루 말할 수 없을 정도였다.

수백수천 개의 기사가 쏟아져 나왔다.

신인 투수가 데뷔전에서 15타자 연속 삼진 신기록을 세웠고, 23개의 삼진을 잡았다.

마지막으로 퍼펙트게임까지 만들어냈다.

미국 땅을 밟은 지 3개월 만의 일이었고, 공식적인 첫 번째 시합에서 만들어낸 놀라운 업적이다.

"나왔어! 나왔어!"

뉴욕 타임즈 첫 면에 대문짝만 하게 실린 차지혁의 기사를 보며 60대 후반의 금발 남성이 환호성을 내질렀다.

나이보다 훨씬 젊게 느껴지는 힘 있는 목소리였다.

엔길라 허바드, 현 국제야구연맹인 IBAF의 회장이다.

2017년 세계 야구 개혁을 이룩해 낸 인물로 세계 야구계에서 가장 힘 있는 권력자라 부를 만했다.

특히 개인적인 욕심보다는 야구의 발전, 선수들의 권익 보호에 앞장서는 인물이라 존경하고 따르는 사람들이 많았다.

온갖 비리로 얼룩져 있는 FIFA의 어떤 욕심 많은 비리의 정점에 서 있는 인물과는 정반대였다.

"로사! 자네 생각은 어때? 미스터 차라면 충분히 내가 생각했던 그런 선수일 것 같지 않나?"

엔길라 허바드의 앞에 조용히 서 있던 갈색 머리카락의 30대 후반의 안경 쓴 여자가 고개를 끄덕였다.

"어제 하루 동안 전 세계에서 가장 유명해진 사람이 바로 지혁 차입니다. 미국의 모든 방송사가 메인 기사로 지혁 차의 이야기를 다뤘고, 세계의 각 언론사들도 온통 지혁 차의 이야기뿐이었습니다. 회장님께서 기다리던 야구계의 발전을 위한 전 세계적인 스타로서의 첫발은 충분하다 판단합니다."

"당연하지! 충분하고말고!"

"하지만 이후 경기력이 문제가 될 겁니다. 데뷔전부터 워낙 임팩트가 강했기 때문에 이후 경기력이 어느 정도인가에 따라 주목도가 크게 달라질 겁니다."

"으음! 그렇겠지. 한 경기만 반짝하고 사라진다면… 아무 짝에도 쓸모가 없겠지."

뜨거워졌던 가슴이 차갑게 식어버린 엔길라 허바드였다.

야구를 세계 최고의 스포츠로 발전시키기 위해서는 다른 무엇도 아닌 세계적인 스타 선수가 나와야 한다.

미국 NBA가 세계적으로 널리 알려진 데에는 마이클 조던의 역할이 지대했다.

스포츠 브랜드와 합작해서 마이클 조던 자체가 하나의 브랜드가 되어버렸을 정도다.

하지만 그 이후 세계적이라 부를 만한 농구 선수는 딱히 더 이상 나오지 않았고, NBA의 인기는 미국을 제외하면 전 세계적으로 시들해졌다.

지구 상 가장 인기 있는 스포츠를 말하라면 누구나 축구를 말한다.

축구 그 자체라 불리는 펠레와 마라도나.

그 외에 호나우두, 베컴, 메시, 호날두 등 축구는 항상 세계를 주름 잡는 월드 스타급의 선수들이 지속적으로 배출된다.

인기가 시들해질 이유가 전혀 없다.

반면 그 외의 스포츠들은 맥이 끊기고 만다.

한때 골프로 세계를 주름 잡았던 타이거 우즈, 핵주먹 마이크 타이슨, 테니스의 황제 로저 페더러 등등 세계적으로 각광을 받았지만 이후 그들을 대신할 월드 스타가 배출되지 않으며 활활 타오르던 인기를 유지하지 못하고 사그라졌다.

야구 또한 마찬가지다.

야구 하면 가장 쉽게 떠오르는 선수라고는 베이브 루스뿐이다.

미국 내에서는 최고의 스포츠로 확고부동하게 자리를 잡고 있는 야구였지만, 전 세계적으로 따졌을 때는 아직 한참 부족했다.

일본, 한국, 대만 등 몇몇 나라를 제외하면 야구에 대한 열기가 높은 곳은 그리 많지 않았다.

그나마 세계 야구 개혁 이후 국제야구연맹인 IBAF의 노력에 의해 유럽 등 세계 각국에 야구가 보급되었다고 하지만 그 수준은 이제 갓 걸음마를 뗀 것에 불과했다.

오랜 시간 돈과 노력을 들여 서서히 야구의 위치를 격상시킬 순 있으나, 그건 말 그대로 얼마나 오랜 시간이 필요할지 모를 일이다.

지름길이 있다면 단 한 가지뿐이다.

모든 세계인들이 주목하고 관심을 가질 수밖에 없는 세계적인 스타플레이어의 등장이다.

지금 차지혁은 그 첫 걸음을 뗐다.

세계 각국의 언론과 인터넷 세상은 이미 차지혁의 이야기로 시끄러웠다.

야구에 관심이 있는 사람이라면 그게 얼마나 대단한 업적인지 감탄을 할 것이고, 야구에 관심이 없는 사람이라면 도대체 어떤 선수이기에 세계적으로 이슈가 되고 있는지 호기심을 가질 수밖에 없게 된다.

거기서부터 시작이다.

차지혁에 대한 호기심이 야구에 대한 관심으로 변하고, 종래에는 야구에 대한 흥미를 갖게 된다.

축구가 왜 세계적인 스포츠일까?

그 기본적인 이유는 돈이다.

돈이 되니까 축구가 세계 최고의 스포츠가 된 것뿐이다.

사람들이 관심을 갖기에 기업이 투자를 하고, 시스템이 발전하고, 선수가 많은 연봉을 받으며, 거기서 많은 이들이 꿈을 키운다.

이 단순한 구조의 순환이 지속적으로 이어지면서 몸집을 불리는 거다.

"다음 경기라……."

엔길라 허바드는 의자에 몸을 묻으며 입맛을 다셨다.

야구의 세계적인 발전을 위해서라면 차지혁이 아니라 그 어떤 선수라도 협회 차원에서 지원을 해줄 준비가 되어 있었다.

하지만 문제는 성적이다.

세계인의 관심을 끌어낼 정도의 압도적인 실력!

"부디 내가 원하는 그런 선수가 되어야 할 텐데!"

자신이 죽기 전까지 야구가 세계 최고의 스포츠가 되는 모습을 꿈꾸고 있는 엔길라 허바드에게 차지혁이 깊게 각인이 되는 순간이었다.

*　　　*　　　*

"여긴 한국보다 더하네!"

지아는 창밖을 조심스럽게 확인하고는 재빨리 커튼을 쳤다.

"한국이랑은 비교를 할 수가 없지. 당장 밖에 나가면 못해도 백 명은 넘는 파파라치가 셔터를 눌러댈걸?"

형수의 말에 지아가 얼굴을 찌푸렸다.

"내가 바보로 보여? 무슨 백 명이 넘는 파파라치가 있다는 거야!"

"진짜라니까! 지금 미국에서 제일 유명한 사람이 누구야? 바로 지혁이야! 대통령도 아니고, 헐리웃 스타도 지금은 지혁이보다 아래야! 이런 지혁이를 파파라치들이 가만히 둘 것 같아? 절대 아니지!"

"오빠가 무슨 헐리웃 스타보다 유명하다고……."

"CNN에서도 지혁이 이야기하는 것 못 봤어? 다른 나라에서는 어떨지 몰라도 여긴 미국이야. 야구의 천국이라 불리는 미국에서, 그것도 역사를 뒤집어 놓을 정도의 기록을 세운 지혁이가 유명하지 않으면 누가 유명하겠어? 어제 봤지? 마이크 테일러가 3연타석 홈런을 쳤는데도 대충 몇 마디 말만 해 주고 지혁이 이야기로 한참이나 방송을 했던 거. 신인 타자가 3연타석 홈런을 친 게 얼마나 대단한 일인지 알아? 그런데 지혁이 기록이 워낙 대단하니까 완전히 밟혀 버렸잖아. 네 오빠가 지금 얼마나 유명한지 지아, 넌 지금 그 빙산의 일각조차도 알지 못하고 있는 거라고."

형수의 말에 지아가 가만히 날 바라봤다.

"오빠, 형수 오빠 말이 진짜야?"

"뻥이야."

간단하게 대꾸하고는 방으로 올라갔다.

등 뒤로 지아와 형수가 티격태격하는 소리가 들렸지만, 무시하고 방문을 닫고 침대에 누웠다.

가만히 누워서 천장을 바라보니 어제 있었던 일이 다시 한번 머릿속에서 그려졌다.

퍼펙트게임을 완성하고 토렌스와 부둥켜안았던 모습부터 모든 선수들이 마운드로 달려와 축하를 해주었고, 다저 스타디움을 가득 메운 관중들은 끝나지 않을 것처럼 박수를 쳤다.

개중에는 남녀노소 가릴 것 없이 펑펑 눈물까지 쏟으며 감정을 이기지 못한 관중도 있었다.

그리고 경기장 전체가 들썩일 정도로 울려 퍼졌던 내 이름.

정중하게 모자를 벗고 고개를 숙이며 인사를 할 때는 정말이지 나 역시 코끝이 시큰했다.

"카메라맨이 엉뚱한 짓만 하지 않았어도."

코끝이 시큰해져 있을 때였다.

대형 스크린에 부모님과 지아의 모습이 비춰졌는데, 두 분 모두 눈물을 흘리고 계셨고 지아 역시 빨갛게 충혈된 눈으로 울고 있었다.

그 모습을 보는 순간 나 역시 흐르는 눈물을 주체할 수가 없었고, 결국 눈물을 흘리는 모습이 미국뿐만 아니라 전 세계적으로 방송이 되고 말았다.

경기가 끝나고 엄청난 수의 기자들 앞에서 인터뷰를 했고, 기억도 나지 않을 무수히 많은 질문세례를 어찌어찌 넘겼다.

구단주까지 직접 기념행사에 참석해 10년 지기처럼 날 옆에 끼고 다녔고, 덕분에 부모님과 지아까지도 불편한 자리를 계속 지켜야만 했다.

"그래도 환상적인 밤이었으니까."

하루가 지났음에도 TV를 틀면 내가 했던 경기의 장면을 쉽게 볼 수 있었다.

방송 채널이야 워낙 많고 그들이 각기 다른 시간마다 경기 중계나 하이라이트를 틀어대고 있었기 때문이다.

아직까지도 몸이 허공에 붕 떠 있는 것 같은 기분이 든다.

퍼펙트게임이 처음은 아니었지만, 한국 무대와는 분명 그 차이가 있었기에 느끼는 기분은 확연하게 달랐다.

무엇보다 세계 최고의 무대에서 게임을 지배했다는 사실에 대한 만족감이 굉장히 컸다.

"이제 시작이지."

메이저리그의 시즌은 이제 시작했을 뿐이다.

앞으로도 내가 가야 할 길은 아득히 멀었다.

나보다 앞서 위대한 대기록들을 세운 투수들의 발자취만 쫓는다 하더라도 몇 년이 걸릴지 모를 일이다.

당장 신인왕이 되어야 하고, 사이영상을 받고, MVP도 거머 쥐어야 한다.

당연히 LA 다저스를 월드 시리즈에 진출시키면서 우승 반지도 낄 생각이다.

그렇게 시즌이 한 번, 두 번 넘어갈 때마다 차곡차곡 기록이 쌓여 전설이라 불리는 투수들과 어깨를 나란히 하고, 끝내는 그 어떤 투수도 오르지 못한 곳까지 올라설 작정이다.

데뷔전 퍼펙트게임은 내가 가고자 하는 길의 첫 걸음일 뿐이다.

오늘 이후, 더 이상 흥분할 필요도 없고 해서도 안 된다.

지금까지 해왔던 것처럼 꾸준히 훈련하고, 마운드에 서기만 하면 된다.

—앞으로의 꿈이 무엇이죠? 메이저리그에서 어떤 투수가 될 생각이죠?

얼굴도 기억나지 않는 한 기자의 질문에 난 분명하게 대답
했다.

"역사상 가장 위대한 투수로 우뚝 서는 것이 바로 제 목표
입니다."

Chapter 2

일상은 바뀌지 않았다.

부모님과 지아는 한국으로 돌아갔고, 나와 형수의 생활은 다른 날과 다르지 않았다.

다만 투수인 나는 정해진 스케줄대로 훈련을 하며 팀의 경기를 관전했지만, 형수는 이제나저제나 출전할 순간만을 기다리며 불필요한 초조함으로 나까지 신경 쓰이게 만들었다.

개막전에서의 환상적이었던 퍼펙트 승리와는 다르게 이후 2번의 샌디에이고 파드리스와의 경기에서는 아주 치열한 경기 끝에 1승 1패를 주고받으며 겨우 위닝 시리즈를 가져갈 수 있었다.

하루의 달콤한 휴식 후, 애리조나 다이아몬드백스 원정길에 나섰다.

샌디에이고 파드리스와 마찬가지로 3연전이 준비되어 있었고, 마지막 3차전에 나의 2번째 선발 등판이 예고된 상태였다.

"하아아아아……."

호텔 방에서 형수는 땅이 꺼져라 한숨을 내쉬었다.

애리조나와의 1차전에서 대타로 기대하던 첫 번째 출전을 했지만, 아쉽게도 공 4개로 삼진을 당하고 말았다.

투수 대타로 이어진 타석이었기에 딱 한 번밖에 주어지지 않은 기회였지만, 결과는 최악이었기에 경기 내내 풀이 죽어버린 형수의 모습이 안쓰럽게까지 보였다.

"바보 같은 새끼! 뻔히 높이 날아오는 공이었는데 거기다 대고 배트를 휘두르면 어쩌냐고!"

이제는 하다하다 테이블에 머리를 박아대며 자해까지 하는 형수였다.

"그만해. 기회는 계속 주어질 테니까 지금처럼 자책하기보다는 같은 실수를 되풀이하지 않도록 각오를 다지든, 연습을 하든지 해. 괜히 엉뚱한 짓하다가 컨디션만 더 떨어뜨리지 말고."

내 말에 형수가 테이블에 얼굴을 박은 상태로 날 바라봤다.

"기회가 있겠지?"

"당연하지. 시범 경기 후반처럼 조급해하지 말고 여유를 갖고 해."

"나도 아는데… 타석에만 서면 온몸이 흥분돼서 말이야."

"고등학교 때처럼 자신 있게 해. 위축된 상태에서는 아무것도 할 수 없으니까."

"말이야 쉽지."

풀이 죽은 형수의 음성에 나도 더 이상은 뭐라 할 말이 없었다.

결국은 스스로 해결해야 할 문제다.

내가 아무리 옆에서 조언을 하고, 격려를 해준다 하더라도 근본적인 해결책이 될 순 없다.

애리조나 타자들의 자료를 들고 침대에 몸을 누이자 곧바로 호텔 방에 비치되어 있는 전화벨이 울렸다.

여전히 테이블에 얼굴을 뭉개고 있던 형수가 손을 더듬어 전화기를 들었다.

"여보세요."

서류철의 첫 번째 페이지를 몇 줄 읽지도 못했을 때였다.

"뭐라고요? 예! 물론이죠!"

벌떡 일어나며 눈이 찌푸려질 정도로 큰 목소리로 통화를 하는 형수의 모습에 무슨 일이 벌어졌음을 느끼곤 그에게 시선을 옮겼다.

거칠게 수화기를 내려놓은 형수가 벌겋게 상기된 얼굴로 날 돌아보며 외쳤다.

"지혁아! 나 내일 선발이다!"

＊　　　＊　　　＊

"헤이~ 척!"

클럽 하우스에 들어서자 토렌스가 날 향해 반갑게 손을 흔들었다.

빅터 페르난도의 영향 때문인지, 선수들 대부분이 나를 '척'이라고 부르고 있었다.

코쇼나 쇼크, 몬스터 등으로 부르지 않아서 차라리 잘됐다 싶기도 했다.

"어떻게 된 거죠? 부상이라면서요?"

"부상? 아! 내일 경기에는 아무런 지장이 없으니까 걱정할 것 없어."

아무것도 아니라는 듯 웃으며 말을 하는 토렌스였다.

"참, 시계가 정말 좋아. 앞으로 몇 개는 더 받을 수 있겠지?"

토렌스가 손목에 찬 화려한 금장 시계를 가볍게 흔들며 웃었다.

롤렉스 시계, 무려 1만 5천 달러에 이르는 거액의 시계다.

한국 돈으로 따지면 1,600만 원이 훌쩍 넘어가는 고가의 시계로 퍼펙트게임 다음 날 황병익 대표가 토렌스에게 선물로 줘야 한다며 사가지고 왔다.

메이저리그에서는 퍼펙트게임을 달성한 투수가 포수에게 롤렉스 시계를 선물로 주는 전통이 있었다.

"글쎄요."

내가 어깨를 으쓱하며 그렇게 대답하자 토렌스가 분명 나에게 몇 개는 더 선물로 받을 것 같다며 웃었다.

다른 투수들은 평생에 걸쳐 한 번이라도 해봤으면 하는 퍼펙트게임을 토렌스는 나에게 몇 번이나 할 것처럼 말을 하니 은근히 기분이 좋았다.

옷을 갈아입으며 다시 한 번 토렌스에게 부상에 대해서 물었다.

형수가 오늘 갑작스럽게 선발 출장하게 된 이유는 토렌스가 부상을 당했기 때문이라고 했다.

고작 4게임 만에 주전 포수가 부상으로 출장을 못 하게 됐다는 건 굉장히 심각한 문제였다.

더욱이 토렌스의 포수 능력 덕분에 퍼펙트게임을 달성할

수 있었던 나였기에 그의 빈자리는 생각만으로도 끔찍했다.

"사실은 아무렇지도 않아."

"예? 그런데 어째서 경기에 나갈 수 없다고 한 거죠?"

"당연히 척 때문이지."

"그게 무슨 말이죠?"

토렌스가 잠시 클럽 하우스를 두리번거리고는 조심스럽게 대답했다.

어차피 클럽 하우스 내에 나와 토렌스밖에 없었음에도 그는 꽤나 작은 목소리로 말했다.

"사실은 이번 시즌 내내 척의 공을 받고 싶거든."

"그게 무슨……."

"알다시피 포수라는 포지션 자체가 시즌 내내 풀타임 출장이 쉽지 않잖아. 그리고 나도 이제 나이를 생각해야 할 시기이기도 하고 해서 이왕이면 적당히 휴식을 주면서 척이 등판하는 날에는 무조건 나도 같이 출장을 하기 위해서 머리 좀 썼지. 물론, 롤렉스 시계를 더 받으려는 생각도 있고 말이야. 하하."

생각하지도 못했던 토렌스의 말에 나도 모르게 입이 벌어졌다.

토렌스의 말대로 포수라는 포지션은 시즌 내내 풀타임 출장이 불가능하다.

워낙 체력 소모가 심하기도 했고, 이런저런 이유로 부상에서도 자유롭지 못했으니까.

그러다 보니 모든 메이저리그 구단에서는 주전 포수를 대신할 수 있는 실력 좋은 백업 포수를 꼭 보유하고 있었다.

다저스에서는 형수를 백업 포수로 키울 생각을 갖고 있었지만, 제대로 성적을 내지 못하면 언제든 다른 포수 유망주를 메이저리그로 올릴 준비가 되어 있었다.

최악의 경우엔 7월 달에 형수를 트레이드해 버리거나, 백업 포수를 트레이드해 올 수도 있다.

이런 메이저리그 포수 시스템에서 토렌스는 스스로 몸 관리에 들어갔다는 의미다.

선택과 집중.

무리하게 많은 경기에 출장하기보다는 차라리 내가 등판하는 경기에 반드시 출장하고 거기서 좋은 성적을 낼 수 있도록 하겠다 마음을 먹은 거다.

어차피 다저스의 에이스인 필 맥카프리나 3선발인 포스터 그리핀, 4선발 나단 코스코의 경기에만 꼬박꼬박 나와도 훌륭하게 시즌을 보냈다고 할 만했다.

'게레로 감독이 용납할지는 모르겠지만.'

하지만 이번은 토렌스의 뜻을 따라준 건 확실했다.

어쩌면 토렌스를 생각해서가 아니라 나를 위한 배려일지

도 모른다는 생각이 들었다.

퍼펙트게임이나 노히트 게임을 달성한 투수가 다음 경기에서 엉망으로 무너지는 경우는 꽤 많았기에 아무래도 토렌스의 컨디션을 조절해서 나를 잘 리드해 주길 원하고 있을 것 같다는 생각이 문득 들었다.

어쨌거나 토렌스가 부상이 아니라는 사실을 확인했기에 무거웠던 마음이 한결 가벼워졌다.

그리고 오늘 경기에서 형수가 정말 잘해줘야 토렌스와 번갈아가며 경기에 출장할 수 있는 기회가 늘어난다는 것도 깨달았다.

어쩌면 나보다 토렌스가 형수의 선전을 기대하고 있을지도 몰랐다.

"오늘 선발 투수는 어떻죠?"

"클레먼트? 나쁘지 않지. 구속도 빠르고 구종도 다양하고. 다만……."

잠시 말을 멈춘 토렌스가 걱정스런 표정으로 말을 이었다.

"컨디션이 좋지 못한 날에는 제구가 완전히 엉망이지. 특히 와일드 피치(Wild Pitch)를 꽤 자주 만들기도 해서 그날은 진짜 포수가 고생해야만 해. 사실 내가 오늘 출장하지 않은 것도 클레먼트의 컨디션이 좋지 않아 괜한 고생을 했다가 내일 경기력에 문제가 발생할까 싶었기 때문이야."

*   *   *

쇄애액.

펙!

홈플레이트 앞에서 공이 튀며 불규칙적으로 바운드가 되면서 포수 옆으로 공이 빠져나가고 말았다.

다급하게 마스크를 집어 던지며 형수가 공을 쫓아 움직였지만, 2루 주자가 3루까지 가기에는 아주 풍족한 시간이었다.

"벌써 4개째군."

토렌스가 고개를 절레절레 저었다.

말과 다르게 얼굴에는 안도의 빛이 가득했다.

오늘 경기에서 마스크를 썼다면 형수가 아닌 자신이 저런 고생을 했어야 한다 생각하는 것만 같았다.

3회. 고작 3회 동안 앤디 클레먼트는 4개나 되는 와일드 피치를 기록하고 있었다.

그나마 다행이라면 와일드 피치로 인한 실점이 없다는 것 정도다.

마운드 위에서 잔뜩 신경질이 난 얼굴로 공을 던진 앤디 클레먼트는 94마일의 투심 패스트볼로 타자를 잡아내며 무사히 3회 말 수비를 끝냈다.

더그아웃으로 들어온 앤디 클레먼트는 포수 장비를 벗고 있는 형수에게 다가가 제법 큰 소리로 말했다.

"포수가 블로킹을 그렇게 못 해서 어떻게 하겠다는 거야! 내가 삼진으로 타자를 잡지 못했다면 실점을 할 뻔했잖아!"

포수 장비를 벗고 있던 형수로서는 앤디 클레먼트의 말에 황당한 표정을 지을 수밖에 없었다.

명백하게 투수인 앤디 클레먼트가 잡을 수 없는 공을 던진 와일드 피치였다.

포수의 수비 능력이 떨어져서 공을 놓친 패스트 볼(Passed ball)이 절대 아니었다.

누구나 알 수 있는 그런 사실을 앤디 클레먼트는 아무렇지도 않게 책임을 떠넘기며 짜증을 부리고 있었다.

"또 시작이군."

토렌스가 인상을 찌푸리며 혀를 찼다.

앤디 클레먼트, LA 다저스에서 꽤 공을 들여 키워낸 특급 유망주다.

미국 나이로 22살인 그는 2024년 2라운드 지명을 받으며 다저스 유니폼을 입었고, 마이너리그에서 착실하게 선발 수업을 쌓아 작년부터 메이저리그 투수가 되었다.

7승 10패. 4.21의 평균자책점을 기록한 앤디 클레먼트는 토렌스의 말처럼 컨디션이 좋을 때는 굉장히 좋은 투구를 보여줬지만, 반대로 컨디션이 좋지 못할 때는 스스로 무너지는 타입이었다.

무엇보다 어린 나이에 메이저리거가 되어서인지 아니면 원래 성격인지 오만했으며, 자신의 잘못보다는 남을 탓하는 걸로 잘못을 회피하는 경향이 크다는 게 토렌스의 설명이었다.

그런 앤디 클레먼트에게 형수는 정말 만만한 상대였다.

"프레이밍도 엉망이고! 도루도 못 잡고! 블로킹마저 그 모양이면 포수를 그만두던지! 젠장!"

형수의 프레이밍, 미트질이 뛰어나다 할 순 없지만 스트라이크를 볼로 만들 정도로 형편없지는 않았다.

형수의 어깨는 굉장히 좋다. 거기에 송구 능력도 평균 이상이라 할 만했다. 문제는 앤디 클레먼트의 투구 동작이 너무 길어서 아무리 포수의 도루 저지율이 높아도 잡기가 쉽지 않았다.

실제로 매년 다저스 투수들 중 도루 허용률이 가장 높은 투수가 앤디 클레먼트다.

블로킹 역시도 마찬가지다. 체구도 크고 민첩성도 떨어지지 않았기에 블로킹 능력 역시 형수 정도면 평균 이상이라 불러도 좋았다.

결과적으로 앤디 클레먼트의 말은 모조리 억지 주장이란

사실이다.

다른 사람이 듣기에도 짜증이 날 정도로 억지 주장으로 성질을 부리고 나서야 앤디 클레먼트가 더그아웃 안쪽 문을 통해 나가 버렸다.

아무런 잘못도 없이 상대에게 막말을 들은 형수의 표정이 당장에라도 폭발할 것처럼 벌겋게 달아올랐다.

눈꼬리가 치켜 올라가는 모양새가 당장에라도 앤디 클레먼트의 뒤를 쫓아가서 한바탕할 것만 같았기에 재빨리 곁으로 다가갔다.

"어떤 마음인지는 알겠는데, 지금은 참아."

"씨발! 너도 들었잖아? 저 개새끼가 지가 좆같이 공 던져 놓고 나한테 책임을 떠넘기잖아!"

형수의 입에서 거친 욕설이 줄줄 나왔다.

다행이라면 흥분해서인지 한국말이었고, 주변 선수들은 그걸 알아듣지 못했다.

하지만 분위기와 거친 음성만으로도 어떤 심정인지는 충분히 알 수 있었다.

"공을 바닥에 패대기친 새끼가 누군데!"

잔뜩 화가 난 형수의 모습은 흔하게 볼 수 있는 게 아니다.

그만큼 화가 났다는 뜻이다.

나 역시 이해는 가지만 지금은 경기 중이다.

무엇보다 이미 선발의 한 자리를 꿰차고 있는 앤디 클레먼트와 백업 포수로서 자신의 가치를 증명해야 하는 형수의 위치는 하늘과 땅만큼이나 차이가 났다.

여기서 형수가 앤드 클레먼트와 싸움이라도 벌인다면 잘잘못을 따지기 이전에 실질적인 피해는 형수가 더 크게 받을 수밖에 없다.

어차피 감독과 코치, 선수들은 물론 야구팬들까지도 앤디 클레먼트가 와일드 피치를 했다는 걸 알고 있다.

억울할 것도 없고, 와일드 피치로 인한 불이익을 당할 이유도 없었다.

하지만 싸우면 다르다.

그러니 경기 중인 지금은 꾹 참아야 한다.

차분하게 설명을 하니 형수가 그제야 화를 누그러트렸다.

그렇지만 흥분한 마음을 완전히 다독이기란 쉽지 않을 것 같았다.

"열 받으면 다른 데 풀지 말고 타석에서 풀어. 상대 투수가 클레먼트라고 생각해."

내 말에 형수가 이를 바드득 갈며 고개를 끄덕였다.

형수는 그날 3타수 2안타, 특히 9회 초 5 : 6의 1점 차 패배 상황에서 2타점 2루타를 터트리면서 게레로 감독의 마음을 흡족하게 만들었다.

반대로 앤디 클레먼트는 결국 제구력 난조로 인해 5이닝 5실점으로 강판을 당하며 시즌 첫 번째 경기를 엉망으로 시작하고야 말았다.

"개자식! 패전 위기에 놓인 놈 구했더니 오히려 내 욕을 하는 거 봤지?"

경기가 끝나고 기분 좋은 마무리를 하던 형수는 클럽 하우스에서 자신의 실점이 포수 때문이라며 불만을 토하던 앤디 클레먼트로 인해 하늘 높이 치솟았던 좋은 기분이 곤두박질을 당하고 말았다.

"원래 그런 놈이라고 하니까 신경 쓰지 마."

"그래도 열 받잖아!"

"그래서 어쩌려고? 따지기라도 하려고?"

"그건 아니지만……."

오늘 경기의 승자는 형수다.

앤디 클레먼트는 오히려 감독과 코치들 눈에 찍힌 투수가 되고 말았다.

더불어 짜릿한 역전승을 거두며 한껏 달아올랐던 클럽 하우스 분위기를 망치려고 했던 앤디 클레먼트를 마이크 트라웃이 따끔하게 훈계하기도 했다.

올 시즌 LA 다저스의 캡틴이 된 마이크 트라웃은 클럽 하우스에서 캡틴의 역할을 꽤 열정적으로 해내고 있었다.

제아무리 건방지고 오만한 앤디 클레먼트라 하더라도 마이크 트라웃이라는 대스타 앞에서는 제대로 반항조차 하지 못했다.

"내가 확실하게 주전 포수가 되면 그 새끼 공은 절대 안 받는다!"

지금 토렌스가 앤디 클레먼트를 피하고 있으니 당분간은 지속적으로 배터리를 맞춰야 할지도 모르는 형수의 처지를 생각하니 저절로 웃음이 나오고 말았다.

*　　　*　　　*

다저 스타디움을 나와 집으로 향할 때였다.

"차지혁 선수!"

익숙한 한국말, 그리고 익숙한 음성이었다.

고개를 돌려보니 금테 안경에 커다란 서류 가방을 어깨에 메고 있는 30대 초반의 남자, 차동호 기자가 환하게 웃으며 손을 흔들고 있었다.

"차동호 기자님!"

반갑게 차동호 기자를 향해 다가갔다.

"전 세계를 흥분시킨 환상적인 데뷔전을 다시 한 번 축하

합니다!"

악수와 함께 차동호 기자는 축하 인사를 건넸다.

"감사합니다. 그런데 여기까지는 어쩐 일로… 절 취재하시려고 왔습니까?"

내 물음에 차동호 기자가 고개를 끄덕였다.

"예. 윗선에서 어찌나 등을 떠밀던지… 월급 받아먹고 사는 직장인이라 어쩔 수 없이 이렇게 먼 미국 땅까지 오고 말았습니다. 하지만 차지혁 선수의 마음에 내키지 않는다면 절대 인터뷰를 할 생각이 없습니다. 사실 취재라는 명목으로 떠밀리다시피 왔다고는 말했지만, 솔직하게 제가 바라는 건 내일 있을 차지혁 선수의 두 번째 선발 경기를 직관하는 거니까요. 하하하."

차동호 기자의 말에 나는 웃고 말았다.

내가 유일하게 신뢰할 수 있는 기자가 바로 차동호 기자다.

다른 기자들과는 다르게 팬심으로 날 응원하며 나에 대한 언제나 호의적인 기사를 써주는 고마운 사람이다.

"누구서?"

형수가 차동호 기자를 바라보며 물었다.

간단하게 차동호 기자에 대해서 소개를 해줬다.

"장형수 선수! 반갑습니다! CBC 인터넷 스포츠 기자 차동호라고 합니다! 오늘 경기 정말 멋있었습니다! 일석 고등학교 시절 때부터 팬이었습니다."

팬이라는 말에 형수의 표정이 한결 풀어졌다.

금세 형수와 차동호 기자는 친한 사이처럼 편안하게 말을
주고받았다.

몇 마디의 말을 주고받더니 내가 뭐라고 하기도 전에 형수
는 차동호 기자를 집으로 초대까지 해버렸다.

"정말 이렇게 집까지 초대를 받아도 되는 건지 모르겠습니
다. 괜히 내일 시합에 나서야 하는데 경기력에 지장을 주지
않을지 걱정입니다."

집으로 들어가기 전까지 차동호 기자는 계속해서 미안한
표정으로 그렇게 말했다.

그러면서도 눈동자는 장난감을 사주기 직전의 아이처럼
반짝거렸다.

솔직히 아무리 친한 사이라 하더라도 기자를 집까지 초대
를 하는 게 괜찮을까 싶었지만, 이미 형수가 초대를 하겠다고
뱉어버린 말이니 어쩔 수 없이 집에 들였다.

한편으로는 차동호 기자라면 그래도 괜찮지 않을까 싶은
마음도 들었다.

집에 들어온 차동호 기자는 의례적으로 집이 좋다는 말을
했고, 그 말에 형수는 집의 주인이 원래는 케디올라 벨로였다

며 신이 나서 떠들어댔다.

차동호 기자는 크게 놀란 표정으로 형수의 말에 대꾸를 했지만, 내가 보기에는 이미 진작부터 알고 있는 눈치였다.

사실 한국에서 나에 대한 이야기는 일거수일투족이 모두 기사화되고 있었다.

당연한 소리지만 이 집에 대한 사실도 꽤 많은 사람들이 알고 있었으니 차동호 기자가 모를 리가 없었다.

경기가 끝나고 늦은 시간이라 식사를 할 수도 없었고, 그렇다고 내일 경기를 뛰어야 하는 나와 형수가 술을 마시긴 힘들었기에 가볍게 차와 비스킷을 준비해서 꺼내 놓았다.

"상당히 구수하고 단 향이 살짝 나는군요. 무슨 차입니까?"

"민들레차입니다. 한국에서 어머니께서 직접 산에서 따다가 말려서 보내주신 겁니다. 소화에 상당히 좋다고 했습니다."

"지혁이 어머니께서 혹시라도 미국 음식이 입에 맞질 않아서 소화에 문제가 생길까 싶어 보내주셨죠."

형수가 말을 거들었고, 차동호 기자는 어머니의 정성이 느껴진다며 아주 맛있게 차를 마셨다.

비스킷에는 손도 대지 않고 차만 호로록 마신 후에야 차동호 기자가 입을 열었다.

"아는 지인을 통해서 들은 말인데, MSB 방송국에서 차지 혁 선수를 찾아올 거라고 합니다."

무슨 말이냐는 듯 차동호 기자를 가만히 바라보자 그가 설명을 해주었다.

한국 내 LA 다저스 중계권을 갖고 있는 MSB 방송국에서 나에 대한 특집 방송에 대한 제작이 아주 적극적으로 이뤄지고 있다는 소리였다.

당연히 내 입장에서는 좋을 리가 없었다.

메이저리그에 대한 적응도 제대로 끝내지 못한 상황에서 TV에 출연한다는 건 있을 수 없는 일이다.

"차지혁 선수의 표정을 보니 MSB 방송국에서 헛걸음만 하게 생겼군요."

"출연할 생각이 없으니까요."

내 대답에 차동호 기자가 고개를 끄덕이면서도 다른 말을 했다.

"차지혁 선수가 무엇을 생각하는지는 충분히 알고 있습니다. 하지만 이번 특집 방송에 대해서는 긍정적으로 생각을 해보시길 바랍니다."

"그게 무슨 말입니까?"

"한국에서 차지혁 선수를 응원하는 국민들을 위해 훈련과 경기력에 지장이 없을 정도에 한해서 특집 방송 출연을 고려

해 보시라는 말입니다. 이제 차지혁 선수는 더 이상 한국에서만 야구를 하는 선수가 아니질 않습니까? 이제는 전 세계인이 차지혁 선수에 대한 지대한 관심을 기울이기 시작했습니다. 그 관심에 대한 갈증을 풀어줄 필요가 있습니다. 더 솔직하게 말해서 차지혁 선수가 세계적인 선수가 되기 위해서라도 적절한 방송 출연과 언론의 노출은 반드시 필요하다고 생각합니다. 지금은 실력도 중요하지만 거기에 어울리는 퍼포먼스도 필요한 시대입니다."

"저는 운동선수지 광대가 아닙니다."

나를 생각해서 하는 말임은 알겠지만, 솔직히 마음에 드는 말은 아니었다.

운동선수는 경기력으로 자신의 가치를 증명하면 된다고 믿고 있다.

자신의 가치를 얻기 위해, 혹은 인기를 얻기 위해 TV에 출연한다는 건 내 입장에서는 배제의 대상일 뿐이었다.

차동호 기자가 고개를 저었다.

"광대가 되라는 것이 아닙니다. 차지혁 선수를 보고 야구가 전 세계적인 스포츠로 발돋움을 할 수 있고, 차지혁 선수처럼 되겠다 꿈을 꾸는 아이들이 생겨날 수 있도록 해달라는 뜻입니다. 아무리 뛰어난 선수라도 홀로 운동만 열심히 한다면 우물 안에서만 인정받을 뿐입니다."

"차동호 기자님의 말씀이 듣기 거북합니다."

금테 안경 너머로 차동호 기자의 눈동자가 매섭게 번뜩이며 날 쳐다봤다.

"차지혁 선수, 한 가지만 묻겠습니다. 차지혁 선수에게 야구란 무엇입니까?"

"제 인생 그 자체며, 전부입니다."

"그렇다면 그런 야구가 축구보다 널리 알려질 수 있다면 어떻겠습니까?"

"그게 무슨……."

"이름만 들으면 누구나 알고 있는 세계적인 축구 선수들은 무수히 많습니다. 하지만 야구는 어떻습니까? 아무리 유명한 선수라 하더라도 야구팬이 아니면 그게 누구인지도 모르는 것이 부정하고 싶은 현실입니다. 세계적인 야구 선수 자체가 거의 전무하다 보시면 됩니다. 그나마 유명한 선수라면 베이브 루스 정도일까요? 얼마 전 은퇴한 지구 최강의 투수라 불렸던 클레이튼 커쇼도 솔직히 야구를 모르는 사람들에게는 누구인지도 모를 선수입니다. 하지만 축구 선수들은 다르죠. 차지혁 선수는 데뷔전에서부터 강렬하게 자신의 존재감을 전 세계에 알렸습니다. 그런데 훈련에 방해가 된다는 이유로, 경기력에 문제가 생긴다는 이유로 대중 앞에 나서길 꺼려한다면 잊히고 말겁니다. 물론 데뷔전처럼 환상적인 경기를 매번

할 수 있다면 굳이 TV에 얼굴을 비출 필요가 없겠죠. 하지만 아시다시피 그런 일은 흔하지 않다는 걸 누구보다 잘 알고 있질 않습니까?'

차동호 기자의 말에 나는 압도당하고 말았다.

"야구가 왜 축구보다 아래여야 합니까? 차지혁 선수가 사랑하는 야구가 전 세계인의 스포츠가 될 수 있다면 그깟 TV 출연이 그렇게 힘든 일입니까?'

"…제가 TV출연 몇 번 한다고 달라지지 않을 겁니다."

한마디로 나를 통해 야구를 광고하라는 뜻인데, 그게 한두 번으로 끝나면 얼마든지 하겠다.

그러나 현실적으로 그렇지 않다는 게 문제다.

지속적으로 TV와 언론에 노출되어야 하는데, 솔직히 그것이 내 성적 하락에 문제를 일으키지 않는다고는 장담할 수 없는 부분이다. 아니, 운동에 전념해야 하는 시간이 줄어드는 만큼 성적 하락은 당연하다.

"단기간에 이뤄질 일이 아니죠. 당연한 말이겠지만, 차지혁 선수의 경기력 하락에 문제가 될 정도로 잦은 노출은 저역시 권하진 않습니다. 하지만 지금처럼 세계인의 관심이 집중되었을 때에는 적당한 미디어 노출이 필요하다 말씀을 드리는 겁니다."

차동호 기자의 말에 조심스럽게 형수도 끼어들었다.

"차 기자님 말이 맞아. 지혁이 너는 너무 병적일 정도로 TV나 언론 노출을 싫어하는 경향이 있어. 이번에도 그래. 세계가 경악할 정도로 충격적인 데뷔전을 치렀음에도 방송국과 언론의 접촉을 아예 차단해 버렸잖아? 구단에서도 그 부분에 대해서 꽤 난감해했다고 하더라. 생각해 봐. 구단 입장에서 너에게 왜 그렇게 많은 돈을 줬겠어? 실력도 실력이지만, 탤런트로서의 가치를 지녔기 때문이야. 장담하건데, 네가 아무리 실력이 좋아도 지금처럼 주변의 관심을 차단하면서 운동만 한다면 다음 재계약 때는 생각보다 많은 연봉을 받지 못할 수도 있어."

"연봉은 중요하지 않아."

형수가 답답하다는 듯 나를 바라보며 대꾸했다.

"그래, 연봉은 중요하지 않지. 어차피 너야 평생 쓰고도 남을 막대한 돈을 벌었으니까. 하지만 프로 선수에게 연봉은 자신의 가치의 증명이고, 그 자체가 자존심이야. 넌 너보다 성적이 뒤처지는 선수에게 더 많은 연봉을 양보할 수 있겠어? 연봉은 단순한 돈의 액수가 아니야. 너를 평가하는 가장 냉정한 잣대라고. 그리고 네가 아무리 압도적인 성적으로 위대한 투수가 된다 하더라도 사람들에게 노출되지 않으면 무슨 소용이 있어? 네가 이룩한 업적은 그저 야구계에 종사하는 사람들만 알고 있는 몇 줄의 기록으로만 남을 뿐이야. 하지만 네가 전 세계인의 사랑을 받는 세계적인 야구 선수가 된다면 달라지겠지. 그리고 막말로 너 정도 되면 야구계를 위해서라도 언론 노출 정도는 당연히 해줘야 하는 거 아닌가 싶다."

뭐가 그렇게 쌓였던 건지 형수는 거침없이 말을 토해냈다.

솔직히 지금 상황이 당황스러웠다.

메이저리그 데뷔전 퍼펙트게임을 달성하고도 인터뷰 한 번으로 끝난 나를 형수는 굉장히 이해할 수 없다는 태도로 대했었다.

구단에서도 몇 차례나 방송 출연과 각종 언론의 인터뷰와 기자회견을 요구해 왔지만, 일언지하에 거절을 했었다.

시즌 중이라는 것, 5일 뒤 다시 마운드에 올라야 한다는 이유를 들었다.

나로서는 당연하다 여겼는데, 주변에서는 이해하지 못하겠다는 반응이라 나 역시 그들을 이해하지 못했다.

그런데 똑같은 문제가 차동호 기자로 인해 다시 거론된 거다.

그것도 나를 잘 이해해 줬고, 항상 호의적으로 대하던 차동호 기자에게서 말이다.

"오로지 야구라는 한 길만 묵묵하게 달려온 차지혁 선수의 뚝심은 충분히 이해가 가고, 존경할 만하다고 여깁니다. 그렇지만 차지혁 선수를 응원하는 팬들을 위해서, 그리고 야구계의 발전을 위해서라도 오늘 제가 한 말에 대해서 깊게 고민을 해봤으면 합니다. 보다 많은 사람들이 야구에 관심을 갖게 된다면 야구 자체가 한 단계 더 발전을 하게 될 겁니다. 그것이 결국은 누구를 위한 길인지 생각해 보세요. 차지혁 선수는 현재 그 어떤 선수보다 유리한 위치에 올랐고, 그 일을 해야만 하는 의무를 지닌 것이 아닌가하고 저는 개인적으로 그렇게 생각합니다."

잔잔한 수면 위에 돌을 던진 것처럼 머릿속에 파문이 일었다.

차동호 기자가 나를 얼마나 진심으로 응원하는 팬인지, 그리고 그 이전에 야구를 얼마나 사랑하는 사람인지를 알기에 그의 말을 단순하게 흘려들을 수가 없었다.

야구의 발전을 위해 내가 의무를 지녔다니.

솔직히 이제 갓 메이저리그 데뷔전을 치른 신인 투수에게 너무 많은 걸 기대하고 바라는 것이 아닌가 하는 생각도 들었다.

"차지혁 선수가 아무리 좋은 성적을 내더라도 일방적인 관심만 이어지면 결국은 팬들도 지쳐서 등을 돌리고 맙니다. 특히 미국처럼 팬서비스를 중요하게 여기는 곳이라면 더 심합니다. 최악의 경우 실력만 믿고 건방진 태도를 가졌다며 사랑이 비난으로 이어질 수도 있습니다."

차동호 기자의 말에 형수가 당연하다며 고개를 끄덕였다.

이후 이런저런 이야기를 나누었지만 솔직히 내 귀에는 아무런 소리도 들어오지 않았다.

"눈치도 없이 제가 너무 늦은 시간까지 두 분의 휴식을 방해하고 말았군요. 오늘 초대 정말 감사했습니다. 그리고 차지혁 선수께는 괜한 소리를 해서 죄송합니다만, 진심으로 전 차지혁 선수가 지구촌의 모든 사람들에게 사랑과 존경을 받는 세계적인 선수가 되길 바라는 마음에서 한 말이니 너무 언짢게 여기지 않아주셨으면 합니다."

고개까지 숙이는 차동호 기자의 행동에 내가 재빨리 그러지 말라며 그를 붙잡았다.

나이도 나보다 한참이나 많은 인생 선배인 차동호 기자다. 그럼에도 불구하고 나에게 항상 존대를 하며 이렇게까지 행동을 하니 얼굴이 뜨거워지는 것만 같았다.

"그럼 쉬십시오. 내일 경기에서도 좋은 모습 보여주시길 바라며 경기장에서 응원하겠습니다."

차동호 기자를 배웅하고 집으로 들어오니 형수가 차동호 기자에 대해서 말했다.

"기자라면 학을 떼는 네가 왜 그렇게 친하게 지내는지 알겠다. 기자 이전에 정말 좋은 사람이고, 야구를 너무 사랑하는 사람이라는 게 딱 보인다. 나도 앞으로 친하게 지내야겠다. 그리고 이쯤 됐으면 호칭 문제도 좀 해결해라. 우리보다 10살이나 많은 형님이잖아."

형수는 그렇게 말하고는 먼저 잔다며 2층으로 올라갔다.

홀로 1층 소파에 앉아 이런저런 생각에 잠겼다.

10분 정도가 흐른 후에야 몸을 일으켰다.

"당장 해결해야 할 문제도 아니고, 천천히 생각을 해보자. 지금 중요한 건 내일 경기니까."

고개를 좌우로 흔들어 복잡한 머릿속을 털어내며 2층 방으로 향했다.

Chapter 3

제이슨 브리번.

작년부터 애리조나 다이아몬드백스의 실질적인 에이스 역할을 하고 있는 26살의 젊은 투수다.

평균 96마일, 최고 100마일에 이르는 강력한 포심 패스트볼과 80마일 후반의 고속 슬라이더를 구사하는 제이슨 브리번은 애리조나 팬들 사이에서는 제2의 랜디 존슨이라 불리고 있었다.

실제로도 2m가 넘는 큰 키와 바짝 마른 몸매는 자연스럽게 랜디 존슨을 떠올리게 만들기 충분했다.

거기에 제이슨 브리번 스스로도 제2의 랜디 존슨이라는 소리를 좋아해서 올 시즌부터는 콧수염과 머리까지 기르며 랜디 존슨 코스프레라는 라이벌 구단 팬들의 비웃음을 사고 있었다.

퍼—엉!

전광판을 바라보니 97마일이 찍혀 있었다.

좌투수인 제이슨 브리번이 던진 공이 대각선으로 날아와 무릎 높이에서 몸 쪽을 찌르고 들어오니 우타자 입장에서는 손도 대지 못하며 루킹 삼진을 당하고야 말았다.

"저놈도 괴물이네. 메이저리그는 어딜 가나 꼭 괴물들이 한 자리씩 차지하고 있다니까."

형수가 고개를 절레절레 저었다.

LA 다저스와 애리조나 다이아몬드백스의 주중 마지막 3차전의 선발 맞대결은 좌완 파이어볼러들의 대결로 이미 크게 흥행을 예고하고 있었다.

작년부터 내셔널리그 최고의 좌완으로 급부상을 하고 있는 제이슨 브리번과 충격적인 데뷔전으로 모든 야구팬들의 관심을 한 몸에 받고 있는 나였기에 오늘 경기는 양보 없는 팽팽한 투수전이 될 거라는 예측이 강했다.

앞선 2연전에서는 1승 1패씩 승리를 나눠 가졌다.

같은 내셔널리그 서부 지구 소속인 LA 다저스와 애리조나 다이아몬드백스였기에 상대 팀을 이겨야 한다는 중압감이 클 수밖에 없는 경기다.

특히 오늘 경기는 에이스 맞대결이라는 점에서 그 비중도가 더 높았다.

벌써부터 나를 두고 다저스의 에이스라고 부르긴 힘들었지만… 아닌 게 아니라, 몇몇 언론에서 에이스 맞대결이라고 표현을 하는 바람에 진짜 에이스 필 맥카프리가 굉장히 화를 내기도 했다는 소문은 귀가 있는 이상 못 들을 수가 없었다.

허무하게 루킹 삼진을 당한 크레이그 바렛의 뒤를 이어 타석에 선 코리 시거는 호쾌하게 배트를 휘둘렀지만, 배트 중심에 정확하게 타격을 하지 못하며 유격수 땅볼로 물러나고야 말았다.

뜬공, 삼진, 땅볼.

모든 선발 투수들에게 가장 중요하다는 1회를 공 11개만으로 깔끔하게 마무리를 지으며 마운드를 내려가는 제이슨 브리번의 얼굴 표정엔 자신감이 가득했다.

작년 메이저리그 진출 4년 만에 처음으로 20승의 고지를 밟았고, 평균자책점 3.37, 탈삼진 244개를 찍으며 돌풍을 일으켰다.

6년 전, 애리조나 다이아몬드백스의 특급 투수 유망주로 드래프트 1라운드에 지명되고 드디어 잠재력이 터졌다는 말이 나오는 제이슨 브리번의 미래는 아무도 예상을 할 수가 없었다.

올 시즌 강력한 사이영상 후보 중 한 명인 제이슨 브리번은 이번 시즌 개막전에서도 선발로 나와 8이닝 1실점으로 무난하게 승리를 거머쥔 상태였다.

1회 말, 수비를 위해 마운드로 오르며 머릿속을 깨끗하게 비웠다.

개막전이자 데뷔전의 퍼펙트게임에 대한 여운 따위는 없었지만, 주변 시선에 대한 불편한 감정은 여전했다.

기대에 찬 팬들의 눈빛, 과연 데뷔전만큼 잘 해낼 수 있을 거냐는 언론의 냉정한 시선, 팀 동료들의 우려와 신뢰가 뒤섞인 태도까지 모든 것이 날 옭아매고 있었다.

컨디션 관리에 소홀함이 없는 성격이라 오늘도 컨디션은 나쁘지 않았다.

그러나 마냥 좋다고 할 수도 없었다.

어깨에 짊어진 무게가 여느 때보다도 육중하게 날 짓누르고 있었으니까.

주심의 외침에 따라 1회 말 경기가 재개됐다.

타석에 들어서는 타자보다는 토렌스의 미트만 바라봤다.

경기가 시작되기 전부터 토렌스는 복잡하게 생각하지 말고 자신의 리드를 믿고 따라와 달라고 몇 번이나 나에게 당부를 했었다.

나를 믿지 못해서가 아니라, 퍼펙트게임 이후 급격하게 무너지는 투수들의 전철을 밟지 않게 해주려는 토렌스만의 깊은 배려였다.

초구부터 체인지업을 요구해 왔다.

오늘 경기 직전 있었던 연습 투구에서 체인지업의 상태가 가장 좋다는 토렌스의 판단이 있었기 때문인지, 아니면 타석에 바짝 달라붙어 타격을 하겠다는 의지를 불태우고 있는 애리조나의 1번 타자, 케이크 얼린 때문인지는 알 수 없지만, 원하는 대로 몸 쪽을 파고들어 가는 체인지업을 던져 줬다.

부—웅!

초구부터 그것도 1번 타자가 작정했다는 듯 배트를 휘둘렀다.

타이밍도 포심 패스트볼을 의식한 듯 빠르고 간결했다.

초구에 체인지업으로 인해 헛스윙을 하고 만 케이크 얼린의 표정이 잔뜩 구겨졌다.

마스크 뒤에서 하얀 이를 드러내며 웃고 있는 토렌스의 얼굴이 보였다.

큰 이변이 없는 이상 오늘도 토렌스의 덕을 톡톡히 볼 것만 같았다.

'이것저것 생각하지 말고 토렌스를 믿고 던지자.'

LA 다저스의 주전 포수 마스크를 몇 년이나 쓰고 있는 토렌스다.

단 한 번뿐이라고 하지만 골드 글러브 수상 경력도 있고, 전형적인 수비형 포수로서의 가치가 높은 선수다.

갓 메이저리그에 데뷔를 한 신인 투수로서 얼마든지 믿고 따를 만한 포수다.

2구는 바깥쪽을 걸치는 컷 패스트볼, 3구는 무릎에서 떨어지는 바운드성 파워 커브에 케이크 얼린은 1번 타자로서의 역할을 전혀 해보지도 못하고 삼진을 당하고 말았다.

이어진 2번 타자 새미 판토리아노는 6구에서 유격수 앞 땅볼로 물러났고, 3번 타자로는 애리조나 거포 3인방의 막내 지미 그랜이 타석에 들어섰다.

지미 그랜를 설명하는 딱 좋은 말은 이거다.

새미 소사의 재림.

5년 동안의 마이너와 메이저를 오가며 겪은 무명 생활, 그리고 대폭발.

27살의 지미 그랜은 18살이었던 2018년, 드래프트에 등록했으나 어떤 곳에서도 받아주질 않아 결국 아마추어 자유계약 선수 신분으로 신시내티 레즈 산하의 루키 팀인 빌링스 무스탕스(Billings Mustangs)에 입단했다.

1년 동안 별 소득 없이 야구를 했고, 이듬해 루키 리그에서

3할의 타율과 22개의 홈런을 기록하며 싱글A의 베이커스필드 블레이즈(Bakersfield Blaze) 선수가 된다.

이후로도 꾸준하게 좋은 성격을 거두며 더블A까지 올라가지만, 그 이후로 제대로 된 성적을 내지 못하고 2차례나 트레이드를 당하다가 결국 애리조나까지 오게 된다.

중간중간 메이저리그 무대를 밟기는 하지만 인상적인 활약을 하지 못하고 마이너리그 선수라는 인식이 강해질 무렵, 인생의 전환점을 맞이하게 된다.

2025년 6월 28일, 애리조나의 주전 1루수가 부상으로 이탈을 한 가운데 메이저리그에 콜업이 된 지미 그랜은 당일 경기에서 무려 3연타석 홈런을 터트리며 화려하게 자신의 이름을 각인시켰다.

'정말 인상적인 경기였지.'

이후, 지미 그랜은 5경기 연속 홈런을 터트리면서 집중 조명을 받으며 주전 1루수가 돌아오기 전까지 무려 3할 8푼의 타율과 16홈런, 33타점을 쓸어 담았다.

불과 1달만의 눈부신 기록이었다.

당연히 이달의 선수상을 수상했고, 덕분에 지미 그랜은 마이너행이라는 가혹한 통보를 당당히 피해갔다.

부상 후유증으로 성적이 떨어진 주전 1루수를 대신해서 꾸준히 경기 출장 기회를 잡은 지미 그랜은 타율 0.324, 27홈런,

87타점이라는 높은 성적을 기록하며 신인왕까지 거머쥐게 된다.

2026년, 애리조나 다이아몬드백스는 과감한 결정을 한다.

주전 1루수를 트레이드시키며 지미 그랜을 주전 1루수 자리에 앉혀 버린 거다.

반짝 스타로 사라지느냐, 진정한 스타가 되느냐의 기로에서 지미 그랜은 3할의 타율에 46개의 홈런을 터트리며 애리조나가 자랑하는 거포 3인방의 막내로서 확실하게 입지를 다지게 된다.

타석에 선 지미 그랜은 터질 듯 부풀어 오른 근육을 자랑하며 배트를 꽉 쥐고 서 있었다.

그를 새미 소사에 비교하는 이유 중 하나가 바로 몇 년 사이에 급격하게 불어난 근육량에 있다. 이전까지는 꽤 날씬한 체형의 발이 빠른 타자였다고 하니 여러 가지로 새미 소사와 비슷한 면이 많았다.

배트를 왼쪽 어깨에 걸치고 삐딱하게 서 있는 독특한 타격 자세와 다르게 굉장히 빠른 배트 스피드와 BA 평가 80점의 파워를 가진 지미 그랜이다.

'약점이라면……'

변화구, 그것도 슬라이더처럼 유인구성 구종에 그나마 약한 모습을 보이는 지미 그랜이었지만, 아쉽게도 나에게는 슬라이더가 없었다.

토렌스는 슬라이더가 없는 내게 비슷한 구종이라 할 수 있는 컷 패스트볼을 요구했다.

몸 쪽 바짝 붙어서 꺾여 들어오는 컷 패스트볼이었다.

글러브 안에서 그립을 확실하게 잡고 토렌스가 원하는 코스로 컷 패스트볼을 던졌다.

지미 그랜의 표정이 사납게 일그러졌다.

맞출 것처럼 날아오는 컷 패스트볼이었으니 당연한 반응이다.

하지만 몸으로 바짝 붙어 가던 공이 예리하게 꺾이며 토렌스의 미트에 정확하게 박혀 들었다.

퍼—엉!

"스트라이크!"

주심의 판정에 지미 그랜이 고개를 좌우로 두 번 흔들었다.

방금 던진 공은 베스트라 불러야 할 정도로 훌륭했다.

좌타자 입장에서 쉽게 배트를 휘두를 수도 없고, 휘두른다 하더라도 제대로 된 배팅 포인트를 맞출 수가 없었기에 내야 땅볼이 될 가능성이 무척이나 높은 볼이었다.

2구는 역시나 몸 쪽 높은 코스의 포심 패스트볼.

퍼엉!

"볼!"

토렌스가 미트를 내민 그 자세 그대로 고개만 돌려 주심을 돌아봤다.

스트라이크가 아니냐는 물음을 건네는 듯싶었다.

냉정하게 따져서 스트라이크라 부르면 타자가 억울할 공이고, 볼이라 부르면 투수가 아쉬운 공이었다.

'오늘은 스트라이크 존이 빡빡하겠어.'

루키 존 가동인가?

아니면, 퍼펙트게임을 달성할 당시 약간의 논란이 되었던 토렌스의 프레이밍인 때문인가?

각종 기록으로 인해 잠깐 소란만 일었다 관심도 못 받고 사라진 논란이었지만, 확실히 토렌스의 프레이밍에 주심들이 신경을 쓸 거라는 건 충분히 예상 가능한 범위였다.

어차피 확실한 스트라이크도 아닌 공에 미련을 둘 필요가 없었다.

3구로 던진 바깥쪽 파워 커브에 지미 그랜의 배트가 미끄러지듯 빠져나왔다.

딱!

배트 윗부분 끝에 걸리면서 3루 방면 파울 라인을 크게 벗어났지만, 지미 그랜은 꽤 아쉽다는 표정을 짓고 있었다.

"볼!"

4구는 바운드성 파워 커브, 지미 그랜의 헛스윙을 유도하기 위한 공이었으나 꼼짝도 하지 않았다.

5구로 던진 컷 패스트볼이 커트 당했고, 6구 포심 패스트볼은 살짝 밑으로 떨어지며 스트라이크 존을 통과하지 못하고 말았다.

2스트라이크 3볼까지 이어졌다.

LA 다저스 팬들은 일어서서 박수를 쳐주며 날 응원하고 있었다.

현재까지 9.2이닝 퍼펙트게임 중이다.

지미 그랜만 아웃시키면 10이닝 퍼펙트다.

메이저리그 기록인 마크 벌리의 15이닝 퍼펙트까지는 한참이나 남아 있다지만, 가능성이 남아 있기에 많은 팬들은 또 다른 신기록을 기대하고 있는 것만 같았다.

솔직히 나 역시 마크 벌리의 15이닝 퍼펙트 기록은 탐이 났다.

한 경기를 퍼펙트로 끝내는 것과 추가로 6이닝 동안 퍼펙트를 하는 건 하늘과 땅 차이만큼 다르니까.

그러기 위해서는 당장 눈앞에 서 있는 지미 그랜을 아웃시켜야 했다.

무엇을 던져야 할까?

컷 패스트볼 사인이 나왔다.

토렌스 입장에서는 가장 지미 그랜을 까다롭게 만들 구종이다.

나 역시 그 결정에 공감했다.

유인구를 던지자니 지미 그랜의 모습이 너무 여유로웠고, 정면으로 승부를 하자니 그걸 기다리고 있는 지미 그랜의 모습이 영 껄끄러웠다.

시범 경기를 통해 느낀 내 구위의 한계는 누구보다도 내가 잘 안다.

아직까지 메이저리그 최정상급 파워를 가진 타자에게는 구위로 정면 승부를 보기가 쉽지 않았다.

사인을 받아들이고 와인드업 이후, 곧바로 초구와 같은 코스의 컷 패스트볼을 던졌다.

그런데 그 순간, 지미 그랜이 한 발 옆으로 물러나며 입가에 미소와 함께 배트를 힘껏 휘둘렀다.

'땅… 했다.'

포수 마스크를 쓰고 있는 토렌스의 표정도 잔뜩 일그러져 있었다.

토렌스가 분명 훌륭한 수비형 포수인 건 사실이지만, 지미 그랜 또한 5년 동안 마이너리그와 메이저리그를 오가며 산전수전 모두 겪은 베테랑이라는 사실을 까먹고 있었다.

메이저리그에서 2년 동안의 활약이 결코 운이 좋아 터진 것이 아니라는 걸 나나 토렌스가 망각하고 있었던 거다.

배트가 공을 쪼갤 듯이 공간을 가르며 나왔다.

따… 악!

타구가 우익수 방면으로 빠르게 날아갔다.

맞는 순간 이건 넘어갔다는 느낌이 왔다.

퍼펙트가 깨지고 2번째 경기, 그것도 1회에 실점을 한다는 사실이 무척이나 화가 났다.

지미 그랜의 노림수에 당했다는 사실보다는 아직까지도 한참이나 부족한 내 실력이 부끄럽기까지 했다.

'이런 실력으로 무슨 세계적인 선수라는 거야?'

비틀린 웃음이 나왔다.

어제 있었던 차동호 기자와 형수의 말이 참 허무맹랑하게 느껴졌다.

그들의 의도가 미래를 준비하라는 뜻임은 안다.

하지만 어떤 미래가 펼쳐질지 알 수 없는 현실에서 세계적인 야구 선수니 어쩌니 하는 말들은 누가 들어도 자만이고 오만이었다. .

고개를 흔들며 굽혀졌던 허리를 피는 순간, 1루를 향해 달려가지 않고 우두커니 서 있는 지미 그랜의 모습이 눈에 들어왔다.

지미 그랜의 손에 당장이라도 부러질 듯 심하게 금이 간 배트가 보였다.

재빨리 고개를 돌려보니 우익수 빌 맥카티가 수비 위치에서 약간 더 뒤로 이동한 자리에서 머리 위로 떨어지는 공을 글러브로 잡고 있었다.

"컷 패스트볼이라 이건가?"

웃음이 나왔다.

안도의 한숨도 입에서 흘러 나왔다.

그런데 입안은 무척이나 썼다.

마운드를 내려오는 발걸음이 생각보다 무겁게 느껴졌다.

무실점으로 여전히 퍼펙트 이닝을 이어가고 있다는 점에서 가벼워야 할 발걸음이 전혀 그렇지 않았다.

'포심 패스트볼이었다면 분명히 넘어갔다.'

지미 그랜은 내 공을 철저하게 노리고 있었다.

아니, 내가 몸 쪽 컷 패스트볼을 던질 수밖에 없다고 확신을 하고 있었던 거다.

그렇지 않고서야 던지는 순간 체중 이동을 했을 리가 없다.

구종과 코스를 모두 확신하고 타격을 했음에도 지미 그랜이 홈런을 만들어내지 못한 이유는 오직 하나뿐이다.

내가 던지는 컷 패스트볼에 익숙하지 않기 때문이다.

컷 패스트볼을 던지는 투수들은 굉장히 많지만, 모두 같은 공을 던지는 건 아니다.

기본적인 구속부터 무브먼트까지 투수들마다 제각각이다.

컷 패스트볼뿐만이 아니다.

가장 기본이라 불리는 포심 패스트볼도 투수들마다 차이가 있게 마련이다.

중요한 건 지미 그랜 정도의 타자에게 두 번째는 없다는 사실이다.

당장 다음 타석만 하더라도 지금과 같은 상황이 벌어지면 지미 그랜은 여지없이 홈런을 만들어낼 실력을 갖추고 있었다.

그게 메이저리거니까.

더그아웃으로 들어와 의자에 앉으며 음료수를 들이켰다.

쓴 입안이 시원하게 씻겨 내려갔다.

지미 그랜과 같은 타자를 상대할 수 있는 가장 확실한 방법은 구위뿐이다.

그러나 당장은 어렵다. 아니, 올 시즌이 지나기 전까지도 요원한 일이다.

구위라는 건 어느 순간 갑자기 좋아지는 게 아니라 서서히 시간을 두면서 차곡차곡 쌓이기 때문이다.

구속 또한 마찬가지다.

지금 내가 할 수 있는 가장 좋은 방법은.

"토렌스."

내 부름에 포수 장비를 벗고 휴식을 취하던 토렌스가 날 바라봤다.

"미안. 내 생각이 짧았다."

토렌스가 미안하다며 내게 사과를 했다.

지미 그랜의 노림수에 역으로 잡아먹혔다는 것을 토렌스는 자신만의 탓이라 여기고 있었다.

"나도 같은 생각이었으니까 토렌스의 잘못이 아니죠. 그것보다도 지금 내 상황을 가장 잘 알고 이해해 줄 수 있는 사람이 토렌스라 묻고 싶은 게 있어요."

"묻고 싶은 거? 뭐지?"

조금은 민감한 개인적인 이야기가 될지도 모른다 생각을 했는지, 토렌스가 내 곁으로 바짝 다가왔다.

그에게 지금의 내 상황에 대해서 설명을 했다.

시간이 많지 않았기에 대충 짧게 이야기를 했지만, 토렌스는 그것만으로도 충분하다는 듯 고개를 끄덕이곤 대답했다.

"내가 가장 존경하는 투수가 누구인지 알아?"

뜬금없이 가장 존경하는 투수에 대해 말을 할 토렌스가 아니라는 걸 알기에 차분하게 다음 말을 기다렸다.

"80마일 중후반의 패스트볼로 메이저리그 타자들을 요리했던 투수. 메이저리그 역사상 유일하게 4년 연속 사이영상을 받은 투수."

"그렉 매덕스."

토렌스가 웃으며 고개를 끄덕였다.

메이저리그 역사상 가장 뛰어난 투수 중 한 명이 그렉 매덕스다.

메이저리그 역대 원톱이라 불리는 정밀한 제구력으로 마운드를 호령했던 그렉 매덕스의 포심 패스트볼 구속은 80마일 중후반.

솔직히 가능할까 싶을 정도로 느린 구속으로도 그렉 매덕스는 메이저리그 사상 최초이자, 아직까지도 깨지지 않는 4년 연속 사이영상을 탄 유일한 투수다.

구속이나 구위로 타자를 윽박지르며 압도한 투수가 아니라 정밀한 제구력 하나만으로 타자들을 요리했던 그렉 매덕스의 피칭 스타일은 세상 모든 투수들의 귀감이라 할 수 있다.

"척, 네 제구력은 메이저리그에서 수준급이야. 하지만 최정상이라고 하기엔 무리가 있지. 구속은 정상급이라 할 수 있지만, 역시나 손에 꼽자면 열 손가락에도 들어가지 못하지. 그런데 놀라운 건 제구력과 구속을 합쳐 놓으면 메이저리그 투수들 가운데 세 손가락 안에 들어갈 정도 대단하다는 거지. 그런데 경험이 부족해. 타자와의 수 싸움은 기대할 수 없는 수준이고, 이제 갓 메이저리그에 데뷔를 한 루키답게 타자들에 대한 분석력도 부족해."

냉정한 평가다.

하나도 틀린 말이 없다.

솔직히 내가 지금까지 남들보다 뛰어나다 평가를 받는 이유는 상대적으로 빠른 구속의 공을 훌륭하게 컨트롤을 하기 때문이다.

더불어 어떤 상황에서도 흔들리지 않는 멘탈과 배짱도 큰 이유 중 하나다.

"시범 경기에서도 느꼈지만, 당장 네 구위로는 정상급 파워를 가진 타자들을 상대로 승리를 장담할 수가 없어. 아니, 냉정하게 말해서 이길 가능성이 적어. 이것도 인정하는 거야?"

"물론이죠."

"그런데 그건 어디까지나 지금의 상황일 뿐이지. 앞으로 당장 내년 시즌만 되어도 네가 어떤 식으로 변하게 될지는 모르니까. 어쨌든 당장 네가 지미 그랜과 같은 타자들을 피하지 않고 정면으로 상대할 수 있는 방법은 오직 하나뿐이야. 정교한 제구로 제대로 된 타격을 하지 못하도록 만드는 거지."

말은 쉽다.

제구력도 한순간에 쑥 향상되는 부분이 아니다.

시간을 들여 가다듬어야 한다.

그럼에도 불구하고 토렌스가 내게 이런 말을 한 이유는 당장에라도 내가 조금 더 정교하게 제구력을 잡을 수 있다는 걸 알기 때문이다.

시범 경기에서 그랬던 것처럼.

"구속을 줄이고 제구를 잡으라는 거죠?"

"맞아. 이왕이면 타자가 예측하기 힘들게 두 가지 방법을 모두 섞어서 던지는 것도 좋겠지."

확실히 나쁘지 않은 방법이다.

구속과 구위로 억누르기도 하고, 정교한 제구력으로 허를 찌르기도 하고.

"우리 팀의 야수들은 믿을 만하지. 믿고 던져. 섣부른 판단일지 모르겠지만… 척, 네 공을 받아보면 마운드에서 홀로 해결을 하려는 느낌이 많이 들어. 물론, 너 정도로 좋은 공을 던질 줄 아는 투수라면 충분히 그런 자신감을 가질 필요도 있지. 그래도 야구는 혼자 하는 스포츠가 아니잖아? 야수들을 믿고 던져 봐."

데뷔전 경기에서 확실히 야수들을 믿고 던진 기억은 없었다.

최선을 다해서 타자 한 명, 한 명을 상대했을 뿐이다.

타자에게 집중했다고는 하지만 야수들 입장에서는 자신들을 믿지 못하고 공을 던진 투수로 비춰질 수도 있는 일이긴 했다.

"토렌스, 날 확실하게 리드해 줘요."

"날 믿을 수 있겠어? 나도 완벽하진 않아. 알다시피 지미 그랜에게 한 방 제대로 먹었다고."

"상관하지 않아요. 오늘은 토렌스를 믿고 던질게요. 아니, 야수 모두를 믿고 던지죠."

토렌스가 가만히 날 바라보다 이내 작게 한숨을 내쉬었다.

"내게 너무 많은 걸 기대하지는 마. 어쩌면 다음 이닝에 곧바로 실점을 할 수도 있어. 그래도 믿겠다면… 최선을 다하지."

눈을 반짝이며 대답을 하는 토렌스의 모습에 나는 말없이 고개만 끄덕였다.

"사인부터 정하자. 피칭 스타일을 나눠야 하니까 그것부터 확실하게 정하고 들어가자고."

*　　　*　　　*

딱!

배트 끝에 걸린 공이 힘없이 유격수와 3루수 방면으로 굴러갔다.

상대적으로 가까이서 수비를 하고 있던 3루수 코리 시거는 재빨리 타구를 잡아 1루로 송구를 했다.

어려울 것 하나 없는 수비였기에 1루 주자는 아웃을 당했다.

"확실해. 차지혁 선수는 맞춰 잡고 있어."

차동호는 자신의 태블릿PC에 기록을 하며 확신에 가득 찬 어조로 그렇게 말했다.

기록표가 계속해서 그 증거들을 보여주고 있었다.

삼진이 뚝 끊겼고, 범타 처리되면서 아웃 카운트를 착실하게 쌓고 있었다.

구속 저하 역시도 눈에 띄었다.

1회에 97마일까지 나왔던 포심 패스트볼이 2회부터는 93~94마일을 왔다 갔다 거렸다.

차지혁의 체력을 잘 알고 있는 차동호로서는 힘이 빠졌다고는 전혀 생각하지 않았다.

부상?

차지혁의 성격상 부상을 달고도 공을 던질 리가 없다.

인간미가 없다 할 수 있지만, 차지혁은 철저하게 자신의 몸을 최우선으로 여기는 선수였다.

다른 사람들은 어떻게 생각할지 몰라도 차동호는 정말 이상적인 운동선수라 여겼다.

마지막으로 애리조나 타자들의 타구가 모조리 땅볼이나

내야 뜬공을 벗어나지 못하고 있었다.

다시 말하면 정확하게 배팅을 하지 못하고 있다는 뜻이다.

조금씩 히팅 포인트가 흔들리거나, 의도적으로 타자들의 배트를 끌어내고 있다는 소리다.

어느 쪽이든 투수에게 끌려가고 있다는 뜻이다.

타자들의 성향을 냉정하게 파악하고 분석해서 맞춤 코스로 공을 던지고 있었다.

'차지혁 선수가 벌써 그 정도로 성장했을 리는 없고… 토렌스겠지.'

메이저리그 베테랑 포수인 토렌스라면 충분히 가능한 상황이다.

"역시 1회가 문제였던 건가?"

1, 2번 타자를 잘 잡고 3번 타자였던 지미 그랜에게 완벽하게 수 싸움에서 잡아먹혔던 차지혁이다.

지미 그랜이 노리고 친 공이 우익수 방면으로 총알처럼 뻗어나가는 순간, 차동호는 홈런이라고 여겼다.

그렇기 때문에 타구가 우익수에게 잡혔을 때, 차동호는 믿을 수가 없었다.

분명 홈런이 되어야 했을 타구였으니까.

이닝이 교체되면서 지미 그랜의 배트가 부러지는 모습이 카메라에 잡히면서 차동호는 모든 상황을 이해할 수 있게 되었다.

"음……."

정말 효율적인 투구를 하고 있는 건 사실이지만, 차동호 개인적으로는 마음에 들지 않는 투구였다.

차지혁이 투구 스타일은 복잡하고 계산적인 수 싸움이 아니라 어떤 타자라도 물러서지 않고 사냥하듯 강렬하게 윽박지르는 스타일이다.

지켜보는 이들의 가슴속을 뻥 뚫리게 만들어주는 쾌감을 선사하는 투수다.

그런데 지금은 그런 쾌감이 조금도 느껴지지 않았다.

노련한 사냥꾼이 사냥감을 함정으로 유인해서 잡는 모습이었다.

덕분에 퍼펙트 이닝이 어느덧 14이닝까지 이어졌지만.

5이닝을 마치고 더그아웃으로 들어가는 차지혁의 모습에 많은 팬들이 박수를 쳐주며 응원과 격려를 해주고 있지만, 경기에 대한 집중도는 확실하게 떨어진 모습이 차동호의 눈에 보였다.

메이저리그에 갓 데뷔를 한 신인 투수가 14이닝 퍼펙트 기록을 이어나가고 있다는 것 자체가 분명 엄청난 일이긴 했지만, 이전까지 보여줬던 차지혁의 퍼포먼스를 생각하면 확실히 임팩트가 약했다.

"다음 이닝에서는 본래의 모습으로 돌아왔으면 좋겠는데."

모든 팬들의 뇌리에 강렬하게 각인될 투수.

노련함보다는 열정적으로, 패기를 갖고 화끈하게 타자를 상대하는 투수가 더 많은 팬들에게 기억되는 법이다.

이제 갓 메이저리그에 데뷔를 한 신인 투수에게 팬들이 바라는 것 또한 후자다.

벌써부터 타자와 수 싸움에나 매달리며 노련한 투구를 하려고 한다면 신인 투수로서의 장점이 크게 줄어들 수밖에 없다 생각하는 차동호였다.

LA 다저스의 공격이 시작됐다.

오늘 경기의 관전 포인트인 좌완 파이어볼러들의 팽팽한 투수전은 분명 예상대로 진행되고 있었지만, 파이어볼러라는 명성답게 시원시원하게 타자를 윽박지르는 투수는 애리조나의 제이슨 브리번뿐이었다.

"맙소사! 또다시 99마일이야!"

LA 다저스, 그것도 차지혁의 유니폼을 입고 있는 한 미국 남성이 자신의 머리를 부여잡으며 소리쳤다.

제이슨 브리번은 벌써 4번째 99마일의 강속구를 던져 대고 있었다.

"차는 도대체 어떻게 된 거야! 1회 이후 95마일의 공도 못

던지고 있잖아!"

"지난 경기에서 보여줬던 패기가 없어! 소극적으로 타자들을 맞춰 잡기만 하잖아!"

"신인 주제에 벌써부터 베테랑 투수처럼 공을 던지려고 하다니!"

몇몇 관중이 차지혁의 피칭 스타일에 불만을 토하고 있었다.

"효율적인 투구를 하고 있는 중인데 무슨 헛소리야!"

"무조건 빠른 공만 던진다고 그게 최고인 줄 알다니! 멍청이들 같군!"

"대기록이 눈앞에 있는데 신중하게 던져야지! 난 차가 아주 현명하고 똑똑하다고 생각해!"

일부 팬들은 차지혁을 옹호했다.

차동호는 같은 LA 다저스를 응원하는 팬들 사이에 의견이 팽팽하게 갈리는 모습을 보며 아쉽다는 생각만 들었다.

차지혁의 평소 스타일대로 공을 던졌다면 이렇게 의견이 갈리는 일 따위 없이 모두가 차지혁을 열광적으로 응원했을 테니 말이다.

6회 초까지도 다저스 타자들을 압도하고 마운드를 내려가는 제이슨 브리번을 향해 애리조나 홈 팬들은 열광적으로 박수를 치며 환호했다.

하지만 6회 말 차지혁이 마운드에 오르자 언제 그랬냐는 듯 관중석이 쥐 죽은 듯 조용해졌다.

14이닝 퍼펙트에서 15이닝째로 이어지고 있기 때문이다.

2009년 마크 벌리가 세웠던 기록을 18년 만에 새롭게 갈아엎을 수 있다는 사실은 LA 다저스 팬이 아니더라도, 차지혁을 응원하는 팬이 아니더라도 존중하고 숨죽여 지켜봐 줄 필요가 있었다.

마운드 위에서 차지혁이 투구 준비를 하는 사이 타자가 타석에 들어섰다.

포수와 사인을 주고받은 차지혁은 와인드업을 하고 힘껏 공을 던졌다.

쇄애애액!

퍼―어엉!

"스트라이크!"

한가운데를 꿰뚫어 버린 무지막지한 강속구가 차지혁의 손끝에서 뿜어져 나갔다.

관중들 모두가 하나가 된 듯 전광판을 바라봤다.

101mph.

"이야아아아악!"

차동호가 저도 모르게 소리를 내질렀고, 뒤를 이어 관중들이 너도 나도 소리를 내지르며 환호했다.

차분하게 가라앉았던 열정이, 차갑게 식어가던 관심이 다시 뜨거워지는 순간이었다.

Chapter 4

"다음 이닝에는 확실하게 힘으로 눌러 봐."

토렌스의 말대로 제구력에 비중을 뒀던 부분을 깨끗하게
지워 버리고 구속과 구위에 초점을 맞춰서 공을 던졌다.

6회 말임에도 불구하고 2회부터 5회까지 꾸준하게 체력을
유지하며 맞춰 잡는 투구를 해왔더니 확실히 다른 때보다 몸
에 힘이 넘쳤다.

전광판에 찍힌 101마일의 구속을 확인하고는 저절로 입가
에 미소가 그려졌다.

타석에 서 있던 애리조나 다이아몬드백스의 주전 포수, 백스터 레마가 급히 타임을 요청하고는 타자박스를 빠져나갔다.

괜히 장갑을 벗었다 끼고는 스윙을 체크하는 척 배트를 휘두르고 있었지만, 뻔했다.

당황한 거다.

2회부터 5회까지 90마일 중반에도 못 미치는 포심 패스트볼을 던지던 투수가 갑자기 101마일의 강속구를 던져 버리니 머릿속이 혼란스러워진 거다.

특히, 포수라는 포지션의 특성상 상대 투수와의 수 싸움이 일상처럼 되어버렸을 테니 맞춰 잡는 투구를 대비했던 백스터 레마로서는 지금 상황이 꽤 당황스러울 수밖에.

무엇보다 90마일 중반의 공과 100마일이 넘어가는 공의 체감 속도 차는 상상을 초월한다.

주심의 눈초리에 어기적거리며 타석에 선 백스터 레마는 나를 지그시 노려봤다.

노려보는 눈초리를 무시하며 한 템포 빠르게 투구했다.

쇄애애애액!

퍼ㅡ어엉!

"스트라이크!"

이번에도 한가운데 포심 패스트볼.

전광판에 찍힌 구속은 초구와 다를 것 하나 없는 101마일.

백스터 레마는 잔뜩 일그러진 얼굴로 나를 노려보기만 했다.

3구는 뭘 던질 거냐?

절대 다수의 사람들은 변화구를 예상한다.

당연한 선택이고, 지극히 현명한 선택이다.

하지만 이번에도 나는.

쉐애애애액!

퍼—어엉!

"스트라이크! 타자 아웃!"

배트 한 번 휘둘러 보지 못하고 백스터 레마는 멍한 눈으로 날 바라봤다.

설마 내가 또다시 한가운데 포심 패스트볼을 던질 줄은 몰랐던 거다.

컷 패스트볼, 파워 커브, 체인지업 중 하나를 생각했겠지.

그중에서도 특히 파워 커브나 체인지업을 머릿속에 담아 뒀을 가능성이 컸다.

그런데 던지는 순간 미트에 박혀 버리는 101마일의 포심 패스트볼에 백스터 레마는 차마 배트조차 휘두르지 못하고 3구 만에 루킹 삼진으로 물러나고 말았다.

3연속 101마일의 포심 패스트볼에 관중들은 잔뜩 흥분해서 소리를 지르고 난리가 났다.

8번 타자 브랫 필립스가 타석에 들어섰다.

전 타석에서 바깥쪽으로 빠져나가는 컷 패스트볼을 억지로 때리려다 3루수 땅볼로 아웃이 된 브랫 필립스였다.

한때 휴스턴 애스트로스에서 촉망받던 중견수 유망주였던 브랫 필립스였지만, 기대만큼 성장을 해주지 못하는 바람에 애리조나로 트레이드되었는데 놀랍게도 2년 만에 크게 성장하며 주전 좌익수 자리를 꿰차 버렸다.

하지만 30살에 허리 부상으로 급격하게 파워가 떨어지면서 예전만큼 상위 타선을 고집할 수가 없게 되어 지금은 8번 타자까지 내려앉은 상황이었다.

브랫 필립스의 커리어 하이 시절에는 무려 33개의 홈런에 36개의 도루, 0.325의 타율을 기록했을 정도였지만.

'그나마도 벌써 5년 전 일이니까.'

전성기에서 한참이나 미끄러져 내려온 브랫 필립스를 두려워해야 할 이유가 없다.

전성기 시절을 내달리고 있는 상태라면 충분히 지미 그랜과 비슷한 등급의 타자로 보였겠지만, 지금은 그저 쇠퇴해서 주전 자리마저 가까스로 붙들고 있는 하위 타자일 뿐이었다.

쇄애애액!

부—웅!

퍼엉!

초구부터 포심 패스트볼을 노리고 힘차게 배트를 휘두른 브랫 필립스였지만, 토렌스와 내가 선택한 초구는 체인지업이었다.

완벽하게 당했다는 표정으로 입술을 오물거리며 욕설을 중얼거린 브랫 필립스가 다시 자세를 잡았다.

두 번째 공은 원하는 대로 100마일이 넘어가는 포심 패스트볼을 던져 줬다.

문제는 손끝에서 실밥이 제대로 채지지 않으면서 살짝 공이 뜨고 말았다.

그런 공을 브랫 필립스는 냅다 휘두르면서 고맙게도 스트라이크 카운트를 올려줬다.

눈높이로 적당하게 날아간 공이니 적극적인 자세로 타격을 준비하던 브랫 필립스에게는 너무나도 유혹적인 공일 수밖에 없었다.

브랫 필립스의 머릿속에서 100마일의 강속구가 지워지기 전에 날아간 3번째 공은 97마일에 이르는 컷 패스트볼이었다.

좌타자인 브랫 필립스는 홈 플레이트로 날아오다 바깥쪽으로 떨어지며 꺾여 나가는 컷 패스트볼을 건드리지도 못하고 허무하게 헛스윙 삼진으로 등을 돌려야만 했다.

6회 말에 7번, 8번 타자를 연속으로 3구 삼진으로 잡아내자 관중들의 열기가 무척이나 뜨거워졌다.

무엇보다 100마일이 넘어가는 강속구로 인한 관중들의 흥분감은 최고조에 달했다고 해도 과언이 아닐 정도였다.

과열된 상황 속에서 타석에 들어선 선수는 6회 초까지 강속구를 뿌려대며 LA 다저스 타자들을 침묵시키고 있는 제이슨 브리번이었다.

타석에 들어선 제이슨 브리번의 표정은 딱딱하게 굳어 있었다.

나 역시 제이슨 브리번을 상대로 두 차례나 삼진을 헌납하며 무기력하게 타석에서 벗어나야 했기에 똑같이 되갚아 줄 이유가 충분했다.

"스트라이크!"

몸 쪽을 과감 없이 찌르고 들어간 97마일의 포심 패스트볼에 제이슨 브리번이 움찔거렸다.

좌투수임에도 불구하고 우타자인 나와 다르게 좌투좌타인 제이슨 브리번이었기에 좌투수인 내가 던지는 강속구에 더욱 크게 공포심을 느낄 수밖에 없었다.

배트를 짧게 쥐고 선 제이슨 브리번의 눈동자가 강렬하게 빛을 토해냈다.

전 타석처럼 어떻게든 타격이라도 해보겠다는 의지를 불

태우고 있었지만, 바깥쪽으로 흘러나가는 컷 패스트볼에 민망한 스윙을 보이더니 몸 쪽 높은 코스로 날아온 파워 커브에 다시 한 번 움찔하며 루킹 삼진을 당하고 말았다.

3타자 연속 3구 삼진.

—와아아아아!

짝짝짝짝짝짝짝짝!

마운드를 내려가는 나에게 관중들이 모두 일어나서 우레와도 같은 박수를 쳐주었다.

그리고 15이닝 연속 퍼펙트 기록을 세우며 타이 기록자가 되었다.

무엇보다 중요한 건 남은 7회, 8회, 9회다.

단 3이닝만 또다시 퍼펙트 기록을 세우면 메이저리그 역사상 최초로 2경기 연속 퍼펙트 투수로서 기록을 남기게 된다.

누군가의 기록을 깬다는 것보다 최초라는 기록이 더 짜릿하고 흥분될 수밖에 없다.

"설마 101마일이나 되는 공을 컨트롤할 수 있는 거야?"

더그아웃으로 들어가는 도중 날 기다리고 있던 토렌스가 곁으로 다가와 속삭이듯 물어왔다.

"그럴 수 있었다면 굳이 맞춰 잡을 필요도 없었겠죠."

"그럼 한가운데로 다 몰렸다는 소리네?"

"그렇죠."

"위험하겠는걸? 한가운데로 몰리는 공은 작정하고 친다면 101마일이라 하더라도 여지없이 펜스를 넘겨 버릴 수가 있어. 스트라이크가 아니어도 괜찮으니까 한가운데로 몰리지만 않게 던져."

맞는 말이다.

101마일의 강속구도 한가운데로 던지면 얼마든지 넘겨 버릴 타자들이 메이저리그에는 수두룩했다.

다만, 언제 어떤 상황에서 던질 줄 모르기에 대처를 못 할 뿐이다.

"노력해 보죠."

"다음 이닝에는 피칭 스타일을 완전히 뒤죽박죽 섞어버리자고. 애리조나 놈들이 제대로 된 대응을 할 수 없도록 만들어 버리는 거야. 알겠지?"

토렌스의 말에 나는 고개만 끄덕거렸다.

더그아웃에서 휴식을 취하는 동안 형수가 곁으로 조심스럽게 다가왔다.

다른 선수들이 말도 붙이지 못하는 것과는 달랐다.

나 역시도 이전 경기를 통해 개의치 않는다고 했으니 신경이 쓰일 일도 없었다.

"갑자기 구속을 높였는데 어깨는 괜찮아?"

"멀쩡해."

그냥 하는 소리가 아니라 진심이다.

체력이 조금 떨어졌을 뿐이지, 어깨나 몸의 밸런스는 지극히 정상이었다.

몸에 무리를 줘가면서까지 공을 던질 정도로 난 어리석지 않았으니까.

"그럼 다행이고."

뭔가 할 말이 있는 듯한 표정의 형수였다.

이미 짐작하고 있다.

아마도 토렌스와 관련된 말임이 분명했다.

불안하겠지.

파트너라 여겼던 내가 토렌스라는 주전 포수와 친밀하게 지내고 있으니 서운한 감정도 있을 테고, 불안한 감정도 있을 거다.

나를 뺏겼다 여길 테니 기분이 좋을 리가 없다.

"형수야."

"응?"

"토렌스에게 잘 배워."

"…그래."

작게 대답을 하며 고개를 돌리는 형수의 표정에서 그늘이 느껴졌다.

뭐라고 말을 해주고 싶어도 지금은 경기 중이라 그럴 수도 없었고, 설령 그렇지 않다 하더라도 자존심이 상해 있을 형수에게 내가 잔소리까지 해가며 관여해서도 안 된다.

메이저리그에서 주전 선수가 된다는 건 다른 누구도 아닌 스스로의 노력으로 이뤄지는 일이다.

나에 대한 서운한 감정 따위와 주변에서 잔소리를 해댄다고 형수의 실력을 향상시키거나 그를 주전으로 앉히지는 않는다.

7회 초, LA 다저스 공격을 막기 위해 마운드에 오른 제이슨 브리번은 초구부터 98마일의 공을 던지며 뜨거워진 열기에 동참했다.

하지만 더그아웃에서 제이슨 브리번의 투구를 지켜보는 나는 그가 상당히 흥분해 있다는 걸 알 수 있었다.

자존심 싸움이다.

6회 초까지만 하더라도 완벽하게 자신의 페이스대로 이 팽팽한 투수전의 주인공으로 주목을 받았는데, 단 한 이닝으로 인해 주인공이 완전히 달라졌으니 제이슨 브리번으로서는 자존심이 상할 수밖에 없었다.

7회 초, 공격의 선봉장이 되어 타석에 선 코리 시거는 초구부터 강속구를 남발하는 제이슨 브리번에게 결국은 삼진을 당하고는 질렸다는 듯 고개를 절레절레 저으며 더그아웃으로 돌아왔다.

코리 시거 다음으로 타석에 선 4번 타자는 이른 판단일지 모르나 아직까지는 완벽하게 부활했다 평가받고 있는 트라웃이었다.

오늘 경기 이전 5경기에서 19타수 12안타 0.632의 타율에 무려 3개의 홈런을 기록하고 있을 정도로 다저스 타자들 중 최고의 활약을 해주고 있었다.

하지만 오늘 제이슨 브리번을 상대로는 2타수 무안타로 지난 5경기의 활약이 무색할 정도로 무기력한 타격을 보여주고 있는 중이다.

트라웃을 상대로도 제이슨 브리번은 자신만만하게 강속구를 뿌려댔다.

부웅!

작정하고 휘두른 배트였지만, 98마일을 찍은 포심 패스트볼의 스피드를 제대로 따라가질 못했다.

아직 시즌 초라는 점에서 99마일까지 내던지는 제이슨 브리번이었기에 무리해서 구속을 끌어 올리고 있는 게 아니라면 나와 동류의 투수임이 분명했다.

그러고 보면 제이슨 브리번은 작년 시즌에도 시즌 초부터 강속구를 던졌고, 시즌 마지막까지도 여전히 구속이 저하되지 않았으니 타고난 어깨에 자기 관리가 철저한 투수임이 확실했다.

딱!

타구가 1루 베이스 뒤쪽으로 크게 벗어나며 관중석으로 들어갔다.

여전히 배트 스피드가 공 스피드를 이겨내지 못하고 있었다.

몇 번 허공에 스윙을 체크하던 트라웃은 심호흡과 함께 타석에 들어섰지만, 역시 제이슨 브리번의 공을 제대로 맞추지 못하면서 결국 삼진으로 물러나야만 했다.

LA 다저스의 중심 타자들을 연속적으로 삼진 처리해 버리자 애리조나 팬들의 환호성이 야구장을 집어삼킬 정도로 커졌다.

홈 팬들의 응원에 더욱더 의기양양해진 제이슨 브리번은 5번 타자 미치 네이마저도 삼진으로 잡아내며 마운드 위에서 주먹을 불끈 쥐는 퍼포먼스까지 보여줬다.

"사이영상 후보라더니."

제이슨 브리번의 투구에 진심으로 감탄하며 다시 글러브를 들고 일어나 마운드로 향했다.

*　　　*　　　*

—언빌리버블(unbelievable)! 삼진으로 마지막 아웃 카운트를 잡아내는 차(CHA)! 이번 아웃 카운트로 인해 메이저리그의 기록이 또 한 번 깨지고 말았군요! 7회까지 퍼펙트로 이닝을 마치면서 메이저리그의 새로운 신기록이 작성되었습니다. 정말 대단하다는 말밖에는 나오질 않는군요!

—메이저리그 경험이 전혀 없는 상태에서 단 두 경기 만에 벌써 몇 개의 기록을 깨버린 겁니까? 한국에서 온 저 어린 투수가 수백 년의 역사를 아무렇지도 않게 뛰어넘고 있으니 뭐라고 할 말이 없네요!

—이제 남은 기록이라면 과연 메이저리그 최초로 2게임 연속 퍼펙트게임을 기록하느냐인데, 가능하다 생각하나요?

—절반의 확률이라고 말하고 싶네요. 8회 말, 애리조나 타선이 4번부터 시작되니 결코 만만하지는 않을 거라고 생각이 드네요. 지혁 차가 놀랄 만한 피칭 센스로 애리조나 타자들을 혼란스럽게 만들었다고 하지만 공격에 나설 애리조나 타자들은 그 여느 때보다도 집중력을 높일 것이 분명하니까요.

"두 경기 연속 퍼펙트라고? 웃기는군!"

TV를 시청하던 남자가 비웃음을 지었다.

손에 들린 캔맥주를 벌컥벌컥 마시는 갈색 머리카락에 2m

에 가까운 큰 키를 가진 호리호리한 체격의 남자, LA 다저스의 에이스 필 맥카프리였다.

방송국 카메라는 더그아웃에 차분하게 앉아서 경기를 관전하고 있는 차지혁의 모습을 계속해서 비춰주고 있었다. 그 모습에 필 맥카프리의 얼굴이 잔뜩 일그러졌다.

"빌어먹을 노란 원숭이 자식! 내가 복귀하는 그 순간부터 너 따윈 사람들 머릿속에서 깨끗하게 지워지도록 만들어 버리겠어!"

필 맥카프리는 그렇게 다짐을 하며, 화면 속 차지혁의 얼굴을 죽일 듯 노려봤다.

* * *

2013년 BA선정 올해의 고등학교 선수상 수상, 2013년 클리블랜드 인디언스 1라운드 지명과 동시에 구단 역대 최고의 드래프트 계약금, 구단의 철저한 관리 아래 엘리트 코스를 차근차근 밟아온 초특급 유망주.

타석에 들어선 애리조나 다이아몬드백스 부동의 4번 타자 클린튼 프레이저의 화려한 과거다.

지금처럼 40인 로스터제가 아닌 25인 로스터, 확장 로스터가 존재하던 2015년 하반기. 즉, 확장 로스터를 통해 클리블랜드 인디언스에서 메이저리그 생활을 시작한 클린튼 프레이저는 초특급 유망주, 엘리트 유망주라는 이름이 전혀 아깝지 않은 상당히 인상적인 활약으로 장밋빛 미래를 예고했다.

2016년 신인왕 투표에서 아쉽게 2위를 차지한 클린튼 프레이저에게 2017년 애리조나 다이아몬드백스는 클리블랜드 인디언스에 특급 딜을 제안했다.

당시 내셔널리그에서 최고의 유격수 후보 중 한 명이었던 닉 아흐메드와 3선발 투수로서 확실하게 자리를 잡아가던 아치 브레들리를 내주면서까지 클린튼 프레이저를 데리고 온 거였다.

엄청나게 논란을 불러 일으켰던 초대형 트레이드로 인해 많은 전문가들은 애리조나의 단장이 미쳤다고 단정 지었다.

시간이 지나 결과적으로는 애리조나와 클리블랜드 모두 윈윈 한 트레이드였다.

닉 아흐메드는 아메리칸리그에서도 최고의 유격수 중 한 명으로 명성을 떨쳤고, 아치 브레들리 역시 좋은 투수로서 클리블랜드의 선발 라인을 확실하게 책임졌다.

클린튼 프레이저는 2021년부터 6년간 골드 글러브 수상, 2번의 타격왕, 8년 연속 올스타에 선정되며 팀 내 간판타자이자, 프랜차이즈 스타였던 폴 골드슈미트의 자리를 자연스럽게 계승하고 있는 중이다.

33살이라는 나이에도 불구하고 올 시즌에도 애리조나의 4번 타자 역할을 톡톡히 해낼 거라 평가를 받는 만큼 클린튼 프레이저는 확실히 위험한 타자군에 속했다.

아니, 오늘 경기에서 어쩌면 가장 힘든 싸움을 해야 할지도 몰랐다.

2개의 범타.

오늘 클린튼 프레이저가 나를 상대로 낸 성적이다.

타석에 들어선 클린튼 플레이저는 차분하게 배트를 쥐고 서 있었다.

겉으로 봐서는 전혀 호전적으로 보이지 않는 클린튼 플레이저였다.

데뷔 초창기만 하더라도 타석에서의 인내심이 부족하고 너무 적극적으로 스윙을 한다며 많은 지적을 받았다고 한다.

마스크를 쓰고 있던 토렌스는 고개를 살짝 위로 올려 타석에 서 있는 클린튼 플레이저를 바라봤다. 그리고는 나에게 시선을 주며 사인을 보냈다.

'컷 패스트볼, 바깥 쪽.'

토렌스가 요구한 초구는 우타자인 클린튼 플레이저의 바깥 쪽 스트라이크 존을 아주 살짝 걸칠 수 있을 정도로 제구력에 신경을 쓴 컷 패스트볼이었다.

제구력에 집중하다 보면 구속이 5마일(8km) 가량 떨어진다.

구속 저하의 패널티에도 불구하고 원하는 코스에 공을 넣을 수 있다면, 클린튼 플레이저가 생각하고 있던 스트라이크 존을 넓힐 수 있으니 충분히 해볼 만한 가치를 지니고 있었다.

쇄애액.

퍼엉!

"스트라이크!"

주심의 손이 한 치의 망설임도 없이 올라갔다.

역시나 토렌스의 미트질이 빛을 발했고, 코스도 워낙 절묘했다.

주심의 스트라이크 판정에 클린튼 플레이저의 표정이 살짝 일그러졌다.

다소 멀게 느껴질 수도 있지만, 스트라이크가 아니라고 주장하기엔 애매한 공이다. 그렇다고 배트를 휘둘러 봐야 제대로 된 타구를 만들 수가 없으니 참 신경질 나는 공일 거다.

2구는 파워 커브. 코스는 클린튼 플레이저의 무릎 높이에서 아래로 떨어지는 공이었다.

공을 던진 나 역시 굉장히 좋은 유인구라고 생각이 들 정도로 완벽한 공이었지만, 클린튼 플레이저의 배트는 꼼짝도 하지 않았다.

1스트라이크 1볼의 상황에서 던진 3구는 또다시 파워 커브였고 코스는 2구보다 공 한 개 정도 더 높았다.

스트라이크 존을 통과하는 공은 아니었지만, 타자의 성향에 따라서는 얼마든지 걷어 올려 버릴 수 있을 정도의 공이기도 했다.

딱!

벼락처럼 클린튼 플레이저의 배트가 튀어나오며 공을 걷어 올렸다.

하지만 배트 스피드가 훨씬 빨랐기에 타구는 지켜볼 것도 없이 3루 선상을 훌쩍 벗어나 관중석 깊은 곳까지 날아갔다.

2스트라이크까지 왔다.

클린튼 플레이저의 눈빛이 한층 더 깊어진 듯 보였다.

이런 상황에서 타자와 투수의 심리적인 부담감은 천지 차이다.

타자는 투수가 던지는 구종부터 머릿속이 복잡해지고, 스트라이크 존을 넓게 펼쳐야 했기에 웬만한 공에는 배트를 휘두를 수밖에 없어진다.

반대로 투수는 자신이 던질 수 있는 모든 구종으로 하여금 유인구를 던지거나, 허를 찌르는 반전의 투구로 타자를 사냥할 수가 있게 된다.

토렌스가 보내온 사인은 전력투구.

코스는 몸 쪽 낮은 곳.

구종은 체인지업.

내가 전력으로 던지는 체인지업의 경우 최고 속도가 88마일까지 나온다.

엄청나게 빠른 공이다.

타자 입장에서는 죽을 맛이다.

전력으로 던지는 체인지업과 제구력에 신경을 쓴 파워 커브의 구속 차이가 거의 없기 때문이다.

여기에 파워 커브가 직각 형태로 떨어지는 공이라면, 내가 던지는 체인지업은 특이하게도 다른 투수들과는 다르게 우타자의 경우 몸 쪽으로 약간 붙으며 사선으로 떨어지는 형태의 공이라 파워 커브라 여기고 배트를 휘두른다 하더라도 제대로 된 타격이 쉽지 않았다.

딱.

예상대로 클린튼 플레이저의 타구가 타자박스 바로 앞에서 크게 바운드가 되며 3루 방면으로 튀었다.

파울인가?

타구가 3루 베이스를 넘어가기 전에 파울 라인을 넘어갈 것 같았다.

내가 파울이라 여길 때였다.

"시거!"

토렌스가 벌떡 일어나며 소리쳤고, 미리 전진 수비를 하고 있었던 듯 3루수 코리 시거가 빠른 속도로 달려 나오며 라인을 벗어나려는 타구를 아슬아슬하게 잡고서는 곧바로 1루로 송구, 아웃 카운트를 올려 버렸다.

당연히 파울이 될 거라 여겼던 타구라 나는 물론, 타격을 한 클린턴 플레이저마저 황당한 표정으로 서 있었다.

관중들도 코리 시거의 눈부신 호수비에 박수를 치며 환호했다.

8회 말, 퍼펙트게임 중이라 이미 관중들은 모두 기립해 있는 상태였다.

코리 시거로 인해 손쉽게 아웃 카운트를 잡았기에 나 역시 글러브 박수를 치며 코리 시거의 수비력에 칭찬을 아끼지 않았다.

'더그아웃에서 토렌스가 내야수들과 대화를 나눴던 게 이런 상황을 염두에 뒀던 건가?'

퍼펙트게임이라는 특수 상황으로 인해 더그아웃은 7회부터 고요했다.

정확하게는 선발 투수인 내 주변을 형수를 제외하면 아무도 접근하지 않았고, 시끄럽게 떠들지도 않았다.

그 가운데에서 토렌스가 내야수들을 일일이 찾아다니며 무언가 말을 주고받았는데, 아마도 어떤 상황에 대한 작전이 있었던 듯싶다.

투수가 상대 팀을 상대로 전면에 서서 싸우는 선봉 장수라면, 포수는 모든 계획을 짜고 야수들을 일일이 지휘하는 총사령관이다.

'생각지도 못했던 멋진 포수였어.'

토렌스에 대한 감상을 뒤로 하고 다음 타자를 바라봤다.

클린튼 플레이저 다음으로 타석에 들어선 타자는 메이저리그에서도 손에 꼽힐 정도로 무지막지한 파워를 지닌 홈런왕 출신의 미겔 사노.

이전 타석에서도 큼지막한 좌익수 플라이를 만들어 냈기에 역시 신중하게 투구를 해야만 했다.

미겔 사노를 상대로는 클린튼 플레이저와는 정반대로 투구를 했다.

초구부터 전력을 다한 컷 패스트볼, 파워 커브, 포심 패스트볼을 뒤섞으며 볼 카운트를 2스트라이크 2볼로 만들었다.

'결정구로는 다시 한 번 체인지업.'

내 생각대로 토렌스 역시 체인지업을 결정구로 요구했다.

미겔 사노의 유일한 약점이라면 파워를 이용한 큰 스윙에 있었고, 너무 눈에 의존한 스윙 형태로 인해 전형적인 거포형 타자들처럼 삼진 비율 또한 높다는 점이었다.

부—웅!

크게 헛돌며 미겔 사노의 방망이가 바람 소리만 남겼다.

분하다는 듯 씩씩거리며 더그아웃으로 돌아간 미겔 사노는 그대로 방망이를 내던지며 마운드에 서 있는 나에게까지 그 소란스러움을 전해왔다.

8회 말, 2아웃 상황.

이제 마지막 고비다.

비트를 타듯 리드미컬한 걸음걸이로 타석에 들어서는 흑인 타자, 게리 헌틀리.

2020년 드래프트 당시 18살의 나이에도 불구하고 모든 스카우트들이 최고의 파워를 가진 타자라며 칭찬을 아끼지 않았던 게리 헌틀리는 애리조나의 보물이라 불리는 타자다.

클린튼 플레이저의 뒤를 이을 프랜차이즈 스타로 키우기 위해 애리조나에서도 10년 장기 계약으로 묶어 둔 상태이기도 했다.

'타격 재능은 정말 괴물이지.'

파워도 파워지만, 공을 때리는 능력 하나는 정말 기가 막혔다.

반면 수비력은 리그 평균에도 못 미칠 정도로 부족했지만 그것이 순전히 노력 부족이라는 평가가 지배적이었기에 미래성은 확실히 밝았다.

재능과 실력을 겸비했다면 노력은 부족한 편이었고, 성격역시 좋다고는 할 수 없었다.

어렸을 때부터 대다수의 사람들이 추켜세웠기 때문인지 좋게 말하면 상당히 자유분방한 성격이었고, 나쁘게 말하면 천방지축 타입으로 유명했다.

타석에 들어선 게리 헌틀리는 하얀 이를 드러내며 나를 향해 씨익 웃었다.

지금 상황이 어떤지 알면서도 긴장감이라고는 눈을 씻고 찾아봐도 찾을 수가 없었다.

앞 타석에서 안타에 가까운 깊은 유격수 코스로 타구를 날렸지만, 무결점 수비수라 불리는 크레이그 바렛의 환상적인 수비 앞에 아쉬운 아웃을 당하고 말았다.

오늘 경기 최고의 수비라 불러도 좋을 정도로 멋진 수비였고, 그 수비가 아니었다면 연속 이닝 퍼펙트 신기록도 물거품처럼 사라질 뻔했다.

안타나 다름없는 타구를 쳤기 때문인지 게리 헌틀리의 표정엔 자신감이 충만해 보였다.

어쩌면 워낙 낙천적인 성격이 강해서인지 지금 상황을 즐기고 있을지도 모른다는 생각도 들었다.

메이저리그 최초로 2경기 연속 퍼펙트게임이라는 최초의 기록을 향해 달려가는 투수를 상대로 자신이 제동을 걸 수도 있을지 모르니 말이다.

타석에 선 게리 헌틀리는 어서 공을 던지라는 듯 나를 재촉

하면서도 한편으로는 도발적으로 바라보고 있었다.

팔이 길고, 몸이 유연한 게리 헌틀리는 좌우 폭에 대한 대처가 상당히 편안했다.

'컷 패스트볼은 좋지 않겠어.'

내 마음과 마찬가지로 토렌스 역시 초구는 포심 패스트볼, 낮은 코스를 요구해 왔다.

무릎 높이를 아슬아슬하게 지나가는 낮고 빠른 포심 패스트볼에 게리 헌틀리는 주저 없이 배트를 휘둘렀다.

타격이 쉽지 않은 공이었음에도 게리 헌틀리의 배트에 걸리면서 타구가 빠른 속도로 1루 관중석 방면으로 날아갔다.

파울이 되기는 했지만, 실투는 곧장 치명적인 비수가 되어 날 찌를 것이라는 걸 깨닫기엔 부족함이 없었다.

로진백을 만지며 호흡을 골랐다.

8회 말까지 왔지만 체력적으로는 크게 문제가 없었다.

87구.

아웃카운트 하나를 잡기 위해 3.7개의 공을 던진 셈이다.

분명 굉장히 좋은 페이스고, 훌륭한 페이스다.

계산상으로만 본다면 한 경기 완투를 했을 경우 100개의 공을 던진다는 결과가 나오니 이상적인 투구다.

문제는 심리적인 압박감이다.

메이저리그 최고의 기록에 도전한다는 사실이 아무리 기록에 연연하지 않는다고 해도 무척이나 신경을 건드리고 있었다.

"후우우우."

크게 호흡을 뱉어내고는 다시 피처 플레이트에 왼발을 올렸다.

'하나 강하게 가자.'

심리적 압박감을 털어내기 위한 가장 좋은 방법은 타자와의 대결에서 유리한 카운트를 만드는 거다.

1스트라이크 1볼의 상황과 2스트라이크 노볼의 상황은 천지 차이이니까.

우선은 확실하게 스트라이크 카운트 하나를 잡아 놓는 게 이번 대결에서도 승부의 추를 내 쪽으로 가져올 수 있기 수월해진다.

바깥쪽 체인지업을 요구하는 토렌스의 사인을 거부하곤 곧바로 전력을 다한 포심 패스트볼, 낮은 코스 사인을 보냈다.

토렌스는 허리를 꼿꼿하게 세운 게리 헌틀리를 바라보고는 고개를 끄덕였다.

전력으로 던지되, 가운데로 몰리지만 않으면 된다.

와인드업을 하면서부터 모든 신경을 집중해서 공을 던졌다.

쇄애애애애액!

퍼—어엉!

"…스트라이크!"

약간 늦은 타이밍에 주심이 스트라이크를 외쳤고, 게리 헌 틀리는 타석에서 물러나며 주심을 향해 뭐라고 말을 하기 시 작했다.

판정에 대한 항의겠지.

할 만한 항의다.

볼이 낮았으니까.

팔을 미리 쭉 뻗으며 볼을 캐치한 토렌스의 미트질이 아니 었다면 볼이라고 판정받을 수도 있을 정도로 아슬아슬했다.

야구 경기에서 비디오 판독으로 인한 많은 부분이 번복 판 정을 받지만, 스트라이크 판정에 대해서만큼은 주심의 절대 적인 영역이자 최후의 권력이다.

항의는 항의로 끝날 뿐이다.

다시 타석에 선 게리 헌틀리는 주심의 판정에 불만이 많다 라는 걸 대놓고 드러내고 있었다.

'파워 커브다.'

게리 헌틀리는 지금 낮은 볼에 대한 민감함이 극도로 높아 져 있다.

다시 말하면 낮은 볼에 대한 대처가 평소보다 이성적이지 못하다는 뜻이고, 거기에 카운트는 2스트라이크였으니 조금 전 공과 비슷하다 싶으면 무조건 배트를 휘두를 수밖에 없다.

토렌스 역시 파워 커브를 요구했는데, 코스가 굉장히 까다

로웠다.

바운드가 되기 직전의 공으로 던져 달라니.

지금은 제구력보다는 구속에 신경을 써야 할 타이밍이라 토렌스의 블로킹 능력을 믿고 던지는 수밖에 없었다.

모든 사람들이 말하는 마운드에서의 내가 가진 최고의 장점은 바로 똑같은 투구폼에서 각기 다른 구종을 던질 줄 안다는 사실이다.

내가 던질 수 있는 가장 빠른 87마일이 파워 커브가 홈 플레이트를 향해 날아갔다.

방금 전에 던졌던 포심 패스트볼과 아주 흡사한 위치로 날아오는 공에 게리 헌틀리는 생각할 것도 없다는 듯 배트를 휘둘렀다.

배트의 궤적이 아주 유연하고도 스피드하게 그려졌다.

포심 패스트볼이라면 무조건 맞을 수밖에 없다.

휘이이익.

배트에 맞기 바로 직전에 공이 급격하게 직각으로 휘어졌다.

부—웅!

공기를 찢을 것 같은 바람 소리와 함께 허공을 찢어버린 배트를 뒤로하고 공은 계속해서 아래로 떨어지며 전진했다.

펙!

"……!"

꺾이는 각이 생각보다 심했고, 공은 곧바로 바닥을 때리며 불규칙하게 튀어 올랐다.

프로에 데뷔해서 단 한 번밖에 기록하지 않았지만, 가장 치명적인 상처로 남아 있는 지우고 싶은 기록이 나에게는 낫아웃이다.

한국 프로 무대 데뷔전에서 발생했던 낫아웃으로 인해 퍼펙트 기록이 깨졌다.

그런데 하필이면…….

배트가 허공을 가르고, 공이 땅을 때리는 건 순간적으로 벌어졌다.

동시에 불규칙하게 튀어 오르는 공을 향해 토렌스가 블로킹을 하기 위해 몸 전체를 내던졌다.

빡!

공이 토렌스의 마스크에 맞고 옆으로 튕겨 나갔다.

"뛰어!"

애리조나 더그아웃에서 선수들이 한목소리로 그렇게 외쳤다.

헛스윙으로 자세가 무너졌던 게리 헌틀리는 고막을 때리는 동료들의 외침에 손에 들고 있던 배트를 그대로 내던지며 1루를 향해 뛰었다.

빨랐다.

1루를 향해 뛰어가는 게리 헌틀리는 아프리카 초원의 맹수처럼 빠르게 달려 나갔다.

"3루 방향!"

다저스 더그아웃과 유격수를 보고 있는 크레이그 바렛이 목이 찢어져라 소리를 내질렀다.

토렌스는 마스크를 집어 던지며 다급하게 3루 쪽으로 튕겨져 나간 공을 찾아서는 1루로 힘껏 내던졌다.

'높다!'

다급한 상황에서 던진 토렌스의 송구가 생각보다 높았다.

정상적으로 1루수인 미치 네이가 베이스를 밟은 상태에서는 포구를 할 수가 없을 정도의 높이였다.

미치 네이는 어쩔 수 없이 점프를 하며 공을 잡았고, 동시에 한 마리의 맹수처럼 달려오는 게리 헌틀리를 향해 공이 든 글러브를 힘껏 휘둘렀다.

퍽!

미치 네이의 글러브가 게리 헌틀리의 옆머리를 정확하게 가격했고, 동시에 게리 헌틀리의 발이 베이스를 밟으며 옆으로 쓰러지며 데굴데굴 굴렀다.

모두의 시선이 1루심에게 향했고, 1루심은 머뭇거리다 이윽고 양손을 옆으로 뻗었다.

"세이프!"

판정이 나오기가 무섭게 미치 네이가 공이 들어가 있는 자신의 1루 미트를 들어 올리며 태그가 먼저였다며 항의를 했다.

동시에 머리를 가격당하며 넘어졌던 게리 헌틀리가 벌겋게 변한 얼굴로 1루심에게 항의를 하고 있는 미치 네이에게 달려들었다.

다행스럽게도 애리조나 다이아몬드백스의 1루 코치가 재빨리 게리 헌틀리를 붙잡으며 폭력 행위가 벌어지지는 않았지만, 잔뜩 흥분한 얼굴로 욕설을 퍼부어대는 게리 헌틀리로 인해 분위기는 삽시간에 흉흉해졌다.

양측 더그아웃에서 선수들이 뛰쳐나왔고, 내외야에서 수비를 보던 야수들도 벌 떼처럼 1루로 모여들었다.

1루로 달려가려던 나를 제지한 건 3루수 코리 시거였다.

"끼어들지 말고 뒤로 물러나."

뒤이어 더그아웃에서 달려 나온 코치도 혹시라도 모를 위험에서부터 나를 보호하기 위해 곁으로 바짝 다가서며 주변을 살피기 시작했다.

게리 헌틀리는 자신을 양쪽에서 붙잡고 있는 동료와 코치를 뿌리쳐 가며 연신 'F'로 시작하는 단어를 쏟아내며 미치 네이를 죽일 듯 노려봤다.

미치 네이의 태그 행위가 다급한 플레이로 인해 발생한 불미스러운 행동이기는 했지만, 종종 벌어지는 일이기도 했기에 게리 헌틀리의 과도한 욕설은 심하다 할 수 있었다.

그나마 다행스러운 일이라면 미치 네이가 흥분하지 않았다는 점이었다.

만약 미치 네이까지 게리 헌틀리의 욕설에 같이 흥분했다면 정말 벤치 클리어링 사태가 벌어졌을지도 모를 일이었다.

흥분한 게리 헌틀리를 애리조나 선수와 코치들이 다독이는 사이, 게레로 감독이 1루심에게 다가가 비디오 판독을 요청했다.

양측 선수들이 하나둘 더그아웃으로 돌아가거나 제자리로 돌아가는 동안 심판진이 모여서 비디오 판독을 시작했다.

"같은 상황이 또 벌어지게 될 줄이야."

한국에서 그랬던 것처럼 똑같이 8회 2아웃 상황에서 벌어진 낫아웃이다.

눈으로 쉽게 판단을 할 수 없는 절묘한 상황에서 이어진 비디오 판독까지 너무나 똑같아서 이 정도면 운명의 장난이라 불러도 좋을 것 같았다.

무엇보다 여기서 또다시 세이프 판정이 나온다면?

하지만 이미 내가 할 수 있는 없었기에 로진백만 주물럭거리며 비디오 판독 결과를 기다렸다.

상당한 시간이 흐른 후에야 심판들이 천천히 쓰고 있던 헤드폰을 벗으며 최종 결과를 알렸다.

오른 주먹을 턱 밑까지 들어 올리는 주심의 행동에 나도 모르게 손에서 주물럭거리고 있던 로진백을 강하게 움켜잡았다.

"아웃!"

1루 베이스에 서 있던 게리 헌틀리는 믿을 수 없다는 듯 다시 흥분한 얼굴로 욕설을 내뱉었고, 그렇지 않아도 미치 네이에게 보였던 거친 행동으로 인해 눈에 담아뒀던 주심은 곧바로 퇴장을 명령했다.

그러거나 말거나 수비 위치에 서 있던 수비수들은 재빨리 더그아웃으로 달려갔고, 나 역시 마운드에서 내려왔다.

"휴~ 아찔하군."

토렌스가 머리카락을 뒤로 쓸어 넘기며 씩 웃었다.

"다친 곳은 없어요?"

바운드 된 공이 그대로 토렌스의 마스크를 직격했기에 혹시나 싶어 괜찮은지 물었다.

아무리 마스크를 썼고, 바운드가 되면서 구속이 줄었다고 하더라도 딱딱한 야구공에 맞았다.

워낙 상황이 상황인지라 통증을 느끼지 못했을 뿐, 어느 정도의 고통이나 의외의 데미지를 받았을지도 모를 일이다.

토렌스는 아무 문제없다며 내 어깨를 툭 치고는 더그아웃으로 들어가 버렸다.

다행스럽게도 멀쩡해 보이는 토렌스의 모습에 나 역시 걱정을 털어내며 자리에 앉았다.

"이제 1이닝 남았는데……."

8회까지 퍼펙트게임을 유지하고 있지만, 문제는 9회에도 마운드에 올라온 제이슨 브리번이었다.

내가 퍼펙트게임을 진행 중이라면 제이슨 브리번은 완봉 페이스를 달리고 있었다.

아직까지도 0 : 0의 균형이 깨지지 않았다는 소리다.

최악의 경우 9회 초 공격에서도 LA 다저스 타자들이 점수를 내지 못하면 내가 9회 말까지 퍼펙트게임을 한다 하더라도 경기가 끝나지 않기에 승리 투수가 되지도 못하고 2게임 연속 퍼펙트게임이라는 신기록도 달성되지 못한다는 소리다.

연장까지 퍼펙트를 유지하고 팀이 승리를 한다면 퍼펙트게임이 되겠지만, 과연 그게 쉬울까?

내 머릿속에 가장 먼저 떠오르는 투수는 페드로 마르티네즈다.

명예의 전당에 헌액이 된 이 전설적인 투수, 외계인이라 불렸던 페드로 마르티네즈는 1995년 9회까지 퍼펙트게임을 달성했지만, 당시 소속팀이었던 몬트리올이 점수를 내지 못하면서 연장 10회 말 선두 타자에게 2루타를 맞으면서 퍼펙트게임이 무너지고 말았다.

하지만 페드로 마르티네즈보다 더 불운한 투수가 있다.

피츠버그 파이리츠의 하비 하딕스다.

1959년 무려 연장 12이닝까지 퍼펙트로 상대 팀을 막았지만, 13회에 수비수 실책으로 퍼펙트게임이 무산되고 희생번트와 2루타까지 맞으면서 결국은 패전 투수가 되고 말았다.

그러나 페드로 마르티네즈와 하비 하딕스는 아만도 갈라라가 앞에서는 억울하다는 말도 할 수가 없다.

개인적으로도 내가 생각하는 가장 억울한 투수가 바로 아만도 갈라라가다.

디트로이트 타이거스의 투수 아만도 갈라라가는 2010년 클리블랜드 인디언스를 상대로 마지막 한 명의 타자를 남겨두고 퍼펙트게임을 유지했다.

마지막 타자 제이슨 도널드를 상대로 던진 공이 1, 2루 사이의 내야 땅볼이 되고, 그 공이 1루수 미트에 들어갔을 때까지만 하더라도 퍼펙트게임을 달성한 투수가 될 거라고 누구나 생각했다.

누가 봐도 명백한 아웃 상황에서 1루심 짐 조이스는 세이프라는 희대의 오심을 하면서 퍼펙트게임을 날려 버렸다.

다음 날 짐 조이스 1루심은 기자회견을 통해 오심을 인정하며 눈물까지 흘렸고, 갈라라가는 '사람은 누구나 완벽하지 않다' 라는 대인배다운 발언과 함께 퍼펙트게임에 대한 미련을 털어내 버렸다.

이만큼 퍼펙트게임이라는 게 쉽지 않다는 뜻이고, 하늘이 내려준 게임이라는 의미다.

어쩌면 나 역시 연장전을 대비해야 할지도 모른다.

8이닝까지 던진 투구수는 89구.

지금과 같은 투구 밸런스를 유지한다면 11회까지 120구 내외다.

솔직히 그 이후는 체력적으로도 정신적으로도 쉽지 않다.

차라리 깨끗하게 승리를 포기하고 다음 투수에게 마운드를 넘겨주는 쪽이 나를 위해서도, 팀을 위해서도 현명한 선택이다.

딱.

9회 초, 선두 타자로 타석에 들어섰던 던컨 카레라스의 타구가 유격수의 글러브에 그대로 빨려 들어가며 아쉽게 물러나야만 했다.

이어진 2번 타자 크레이그 바렛.

수비에 있어서는 무결점이라 할 정도로 메이저리그 최정상의 위치에 서 있는 크레이그 바렛이지만, 타격은 더 이상 상위 타선에 올려두기 민망할 정도로 바닥을 기고 있었다.

작년까지만 하더라도 0.274의 타율을 자랑했던 크레이그 바렛이었지만, 현재 그의 타율은 0.164로 심각했다.

고작 5경기밖에 치르지 않은 상황이라 속단할 순 없지만,

이런 성적을 계속해서 유지한다면 조만간 하위 타선으로 밀려날 것이 분명했다.

오늘도 3타수 무안타였다.

삼진은 많이 당하지 않았는데, 제대로 된 타구를 생산하지 못하면서 매번 아웃을 당하고 있는 크레이그 바렛은 이번에도 역시나 우익수 뜬공으로 타율을 깎아먹으며 맥없이 더그아웃으로 돌아왔다.

벌써 2아웃 상황.

제이슨 브리번은 벌써 110구에 가까운 공을 던졌음에도 여전히 구위가 떨어지지 않은 공을 던져 대고 있었다.

무엇이 제이슨 브리번을 저렇게까지 뜨겁게 만들었는지 모르겠지만, 분명 오늘 그는 메이저리그 데뷔 이래 한 손에 꼽힐 정도로 호투를 보이고 있다는 사실이다.

딱!

코리 시거의 타구가 3루수 방면을 뚫었다.

2루까지 가기엔 무리였다.

2아웃 상황이라는 게 너무 아쉽게만 느껴졌다.

애리조나 더그아웃에서 감독이 마운드에 올라갔다.

제이슨 브리번이 지금까지 호투를 펼쳤다 하더라도 이미 많은 공을 던졌고, 아무래도 다음 타자가 트라웃이라는 사실이 걱정스러울 수밖에 없었다.

약간의 대화 끝에 감독이 제이슨 브리번의 어깨를 두드려 주고는 홀로 마운드를 내려갔다.

9회까지는 맡기기로 한 거다.

팀 에이스에 대한 자존심과 예우인 셈이다.

감독의 결정에 보답이라도 하듯이 제이슨 브리번은 트라웃을 상대로 다시 한 번 삼진을 잡아내며 자신의 역할을 훌륭하게 달성하고 마운드를 내려갔다.

홈 팬들의 열렬한 박수세례를 받으며 퇴장한 제이슨 브리번의 뒤를 이어 그보다 더 큰 박수를 받으며 9회 말, 애리조나의 타선을 막기 위해 내가 마운드에 올라섰다.

9회를 퍼펙트로 막아도 9이닝 퍼펙트게임 승리는 없다.

"부담감이 생각보다 더 적네."

그렇게 중얼거리고는 타석에 들어선 애리조나의 7번 타자 백스터 레마를 바라보곤 곧바로 와인드업을 시작했다.

Chapter 5

마지막 아웃 카운트를 잡아내고 마운드를 내려오니 온몸이 물 먹은 솜처럼 무겁게 느껴졌다.

몸이 말해주고 있다.

이제는 더 이상 무리라고.

더그아웃으로 돌아오는 내내 야수들이 얼굴도 제대로 마주치지 못하고 날 피하고 있었다.

클럽 하우스의 리더로서 다른 선수들뿐만 아니라 나에게도 스스럼없이 다가와 말을 건네던 트라웃마저도 나와 눈이 마주치자 미안한 기색이 가득한 눈으로 고개를 돌렸다.

'여기까지.'

12회까지 던졌으면 정말 잘 던진 거지.

예상보다 훨씬 적은 126구를 던졌다.

이제는 아무리 힘껏 던지라고 해도 95마일 이상의 포심 패스트볼을 던질 수가 없을 정도로 체력이 떨어졌다.

여기서 더 이상 욕심 부리지 말고 다음 투수에게 마운드를 넘겨야 하는 게 옳다.

더그아웃으로 들어가며 게레로 감독에게 다가갔다.

"그만 던지겠습니다."

"…알겠네."

게레로 감독의 눈빛도 미안함과 연민이 가득했다.

선발 투수가 12회까지 퍼펙트게임을 지키도록 만들었다는 것에 대한 책임감을 느끼는 거다.

상대 투수력에 밀렸다, 타자들의 컨디션이 좋지 못했다, 득점 찬스에서 점수를 내지 못했다, 모두 감독의 책임이라 떠넘길 수도 있는 사안이다.

상대 투수력을 감안해서 선발 라인을 짜고, 득점 찬스에서 득점을 할 수 있게끔 각종 작전을 구사하는 사람이 바로 감독이다.

12회까지 단 1점의 점수도 내지 못했다는 건 감독에게도 그만큼의 큰 책임이 따르는 법이다.

게레로 감독은 무언가 내게 할 말이 있는 듯 머뭇거리다 이내 수고했다며 내 어깨를 쓰다듬었다.

이윽고 게레로 감독은 코치들에게 대타를 준비시키라고 했다.

불펜 투수야 9회가 끝나면서부터 대기를 시키고 있었으니 문제될 것 없었다.

아이싱마저 뒤로 하고 우선은 쉬고 싶다는 생각에 더그아웃에 앉아서 경기를 지켜봤다.

형수마저도 곁으로 다가오길 꺼려했으니 내 분위기가 꽤 주변을 부담스럽게 만들고 있는 것 같았다.

13회 초, 6번 타자 빌 맥카티부터 다저스의 공격이 시작됐다.

4번째로 바뀐 애리조나의 투수를 상대로 빌 맥카티는 1루수 뜬공으로 아웃됐고, 7번 타자 토렌스는 조급하게 타격을 시도하다 투수 앞 땅볼로 물러나고 말았다.

오늘 애리조나의 선발 투수부터 불펜 투수들까지 집중력도 좋았고, 구위도 뛰어났기에 다저스 타선으로서는 쉽게 공략을 하지 못하고 있었다.

'아쉽네.'

솔직히 아쉽다.

약간 억울한 느낌도 들고, 타자들에게 서운한 감정도 들었다.

투수인 내가 이렇게까지 잘 던졌는데, 이렇게 완벽하게 던졌는데 승리를 챙겨주지 못하는 동료들에게 서운한 감정을 갖지 않을 수가 없었다.

하지만 이게 야구다.

투수가 아무리 잘 던져도 혼자서는 결코 승리할 수 없는 스포츠다.

8번 타자 웨인 스테인이 타석에 들어서는 사이 몸을 일으켰다.

더 이상 미련을 둘 필요가 없으니 이제는 어깨를 보호하기 위해 아이싱을 하기 위해서였다. 투수 코치에게 다가가 아이싱을 해달라고 말을 꺼내려고 할 때였다.

따―악!

경쾌한 울림과 함께 관중들의 탄성이 터졌다.

급히 고개를 돌려보니 웨인 스테인이 극적인 솔로 홈런을 터트리고는 껑충껑충 뛰며 베이스 러닝을 하고 있었다.

"감독님, 호멀스로 갑니까?"

대타 교체를 알리기 위해 떠났던 타격 코치가 다급하게 더그아웃으로 돌아와선 게레로 감독에게 물었다.

투수 코치 앞에서 멍하니 서 있는 날 향해 게레로 감독이 큰 소리로 외쳤다.

"척! 헬멧 쓰고 당장 나가!"

＊　　　＊　　　＊

　일어나서 경기를 지켜보는 차동호는 손이 축축하게 젖었
다는 사실마저 느끼지 못했다.

　손뿐만이 아니라 온몸이 축축했다.

　극도의 긴장감으로 인해 생겨난 현상이다.

　비단 차동호뿐만이 아니었다.

　주변의 모든 관중들이 온몸이 경직된 것처럼 초조하고 긴
장된 얼굴로 경기를 지켜보고 있었다.

　'제발… 제발……'

　마운드 위에 서 있는 차지혁을 바라보는 차동호의 눈가엔
눈물도 맺혀 있었다.

　메이저리그 사상 최초로 2경기 연속 퍼펙트게임을 눈앞에
두고 있는 차지혁의 모습은 무수히 많은 감정들을 가져다주
고 있었다.

　같은 대한민국 국민이라는 자긍심, 세계 유일의 기록에 도
전하고 있다는 자부심, 대견함, 뿌듯함 그리고 안쓰러움까지
온갖 감정들이 버무려지며 차동호의 가슴을 뜨겁게 울리고
있었다.

　퍼ー엉!

"스트라이크!"

포수 미트에서 울려 퍼지는 파열음과 주심의 높은 스트라이크 콜 외침이 고요한 적막감이 내려앉은 경기장을 흔들었다.

차동호는 축축하게 젖은 두 손을 불끈 쥐며 이를 악물었다.

전광판을 바라보니 94라는 숫자가 찍혀 있었다.

'이제는 94마일이 가장 빠르게 던질 수 있는 공이 되어버렸다니.'

100마일을 넘나드는 강속구를 던지는 차지혁이었지만, 지금은 힘껏 던진 포심 패스트볼의 구속이 95마일도 넘지 못하고 있었다.

그도 그럴 것이 벌써 130구가 넘었다.

지금이 어떤 시대인데 선발 투수가 130구까지 던진단 말인가?

누구나 말한다.

혹사.

하지만 메이저리그에 혹사라니?

말도 안 되는 일이다.

설령 혹사라 하더라도 오늘의 경기엔 다분히 그 이유가 있었다.

누구도 혹사라는 말을 쉽게 내뱉을 수가 없는 절대적인 이유가 있다.

연장 13회까지 퍼펙트게임을 이어오게 될 줄 누가 알았을까?

연장 12회 말이 끝나고 LA 다저스 더그아웃이 분주하게 돌아갔다.

후보로 경기를 지켜보던 선수가 헬맷을 쓰고, 배트를 휘두르기 시작했다.

대타.

누구나 쉽게 판단할 수 있는 상황이었다.

12회까지 퍼펙트게임을 달성한 차지혁이 13회를 포기했다는 사실이 차동호를 비롯한 모든 관중들을 비통하게 만들기 충분했다.

이렇게 대단한 투수에게 승리를 안겨주지 못한 LA 다저스의 타자들에 대한 분노도 일었다.

차동호의 입에서 욕지거리가 목구멍까지 치밀어 오를 때였다.

어느 누구도 기대하지 않았던 8번 타자 웨인 스테인이 시즌 1호, 솔로 홈런을 터트렸다.

1 : 0.

그토록 바라던 점수였다.

배트를 휘두르며 대타를 준비하던 선수가 더그아웃으로 들어가고, 헬맷을 쓰고 차지혁이 등장했을 때는 정말 애리조나 다이아몬드백스의 홈구장인 체이스 필드(Chase Field)가 무너지지 않을까 싶을 정도의 환호성이 터져 나왔다.

차동호도 뒤섞여서 목이 찢어져라 소리를 내질렀다.

비록 삼진을 당하고 말았지만 중요한 건 타석에서 선 차지혁의 모습이 아니었다.

12회까지 퍼펙트게임을 이어온 투수 차지혁이 연장 13회 말에도 다시 마운드에 올라온다는 사실이었으니까.

그렇기에 삼진을 당하고 돌아서는 차지혁을 향해 모든 관중이 손바닥이 빨갛게 달아오를 정도로 박수를 쳐주었다.

이어진 13회 말.

12회까지 퍼펙트게임을 유지시킨 차지혁이 마운드에 올라왔고, 1번 타자 케이크 얼린을 상대로 5구만에 2루수 땅볼로 아웃 카운트 하나를 올렸다.

뒤이어 타석에 선 2번 타자 새미 판토리아노를 상대로 차지혁은 또다시 5구만에 중견수 뜬공으로 아웃 카운트를 추가했다.

연장 13회 말, 2아웃까지 온 퍼펙트 상황.

이제 마지막 한 명의 타자만 아웃시키면 메이저리그 역사에 길이 남을 2경기 연속 퍼펙트게임 투수이자 연장 13회 퍼펙트게임 투수, 22이닝 연속 퍼펙트라는 믿기지 않을 전설적인 기록의 주인공이 탄생한다.

대기록의 마지막 희생양이 될지도 모르는 타자는 얄궂은

운명처럼 오늘 경기에서 차지혁을 한 방에 무너트릴 수 있었던 애리조나의 유일한 타자, 지미 그랜이었다.

타석에 들어선 지미 그랜은 독이 바짝 오른 독사처럼 배트를 쥐고 서 있었다.

불안했다.

연장 13회까지 오는 접전이라 하더라도 타자와 투수의 피로감은 비교할 수가 없다.

더욱이 선발 투수인 차지혁은 지금까지 퍼펙트게임을 유지하면서 체력적으로도 정신적으로도 그 피로감이 극한까지 달했을 상태다.

지미 그랜을 상대로 차지혁은 무릎 높이보다 살짝 높은 코스의 포심 패스트볼을 던졌다.

'지켜보고 있다!'

초구는 의도적으로 지켜봤다는 느낌이 강하게 들었다.

마운드에 서 있는 차지혁 역시도 같은 기분이었을까?

로진백을 주무르는 얼굴이 딱딱하게 굳어 있었다.

기분 좋게 초구 스트라이크를 던지면서 카운트를 유리하게 가져갔음에도 결코 좋아 보이는 표정이 아니었다.

반대로 지미 그랜은 타석에 뿌리를 내린 나무처럼 흔들림 없이 서 있었다.

피처 플레이트에 발을 올려놓은 차지혁이 두 번째 공을 던졌다.

구속은 떨어졌지만, 여전히 멋진 궤적을 그리는 파워 커브였다.

아쉽게도 판정은 볼이었다.

타자를 유인하기에 딱 좋은 훌륭한 공이었지만, 조금의 미련도 없다는 듯 지미 그랜은 어깨조차 움찔거림이 없었다.

3구는 바깥쪽을 살짝 벗어나는 체인지업이었는데, 투수인 차지혁이 왼쪽 어깨를 가볍게 흔드는 모습이 컨트롤이 제대로 되지 않은 듯 보였다.

4구는 다시 한 번 파워 커브였고, 지미 그랜의 몸 쪽을 절묘하게 파고드는 스트라이크였다.

1스트라이크 2볼 상황이라 다시 한 번 기다렸던 걸까?

차동호가 금테 안경을 손가락으로 치켜 올리며 타석에 서 있는 지미 그랜의 표정을 확인하기 위해 양 눈썹을 가운데로 모았다.

무언가를 노리고 있다.

차동호의 눈엔 그렇게 보였다.

지미 그랜은 시시껄렁한 변화구로 자신을 유인할 생각하지 말고 정면으로 승부를 해보라고 도발하고 있는 거다.

타자를 압박하기에 가장 좋다는 2스트라이크 2볼 상황에서 차지혁은 다시 한 번 체인지업을 꺼내 들었다.

딱!

한 번도 움직이지 않았던 지미 그랜의 배트가 벼락처럼 내리꽂히며 차지혁이 던진 공을 1루 쪽 파울 라인 너머로 날려 버렸다.

이어진 6구, 7구 역시도 마찬가지였다.

스트라이크 존 근처로만 와도 지미 그랜은 배트를 휘둘러 타구를 파울 라인 밖으로 보내 버렸다.

마운드에 서 있는 차지혁이 모자를 벗었다.

땀으로 흥건하게 젖은 머리카락이 눈에 들어왔다.

유니폼에 땀을 닦으며 다시 모자를 고쳐 쓴 차지혁은 왼손이 로진백의 하얀 가루로 범벅이 되도록 묻히고는 8구를 던지기 위해 포수와 사인을 교환했다.

그리고 던진 8구는…….

쇄애애애액!

퍼—어엉!

연장전에 들어서고 단 한 번도 던지지 못했던 빠른 포심 패스트볼로 전광판에는 99마일이 찍혀 있었다.

하지만 제대로 컨트롤이 되지 않았다는 것이 눈에 뻔히 보일 정도로 높은 볼이었다.

포수인 토렌스가 팔을 쭉 뻗어서 잡아야 했을 정도로 터무니없는 높은 볼로 인해 풀카운트까지 승부가 이어졌다.

아무리 높은 볼이었다 하더라도 갑작스런 99마일의 강속구였기에 어느 타자라도 지금과 같은 상황에서는 본능적으로 배트를 움찔거릴 수밖에 없다.

그렇지 않다면 애초부터 자신이 노리는 공만 오길 기다린다는 뜻이다.

"서, 설마?"

차동호의 머릿속에 번갯불이 번쩍하고 튀듯 하나의 생각이 떠올랐다.

오늘 차지혁이 연장 13회까지 퍼펙트를 이어올 수 있었던 가장 결정적인 이유는 두 가지의 투구 스타일로 애리조나 타자들을 상대했기 때문이다.

차지혁에게 그런 단초를 마련해 준 사람이 바로 지미 그랜이다.

1회 초에 차지혁을 무너트릴 수 있었던 타자가 지미 그랜이지만, 아이러니하게도 13회까지 퍼펙트를 이어나갈 수 있도록 강력한 지지대를 마련해 준 타자도 바로 지미 그랜이다.

"컷 패스트볼… 지미 그랜은 커터를 노리고 있는 거야!"

차동호는 자신의 예상이 맞을 것 같다는 강한 느낌이 들었다.

"던지면 안 돼! 절대 커터를 던지면 안 돼!"

차동호의 바람과 다르게 마운드 위에서 토렌스와 사인을

주고받은 차지혁은 글러브 속에 손을 넣으며 천천히 그립을
쥐었고, 와인드업을 하고는 마지막 힘을 짜내듯 공을 던졌다.

좌타자인 지미 그랜의 몸통을 파고들 것처럼 날아오는 공.

입가에 미소를 그리며 1회 초와 마찬가지로 왼발을 타자
박스 바깥쪽으로 한 발 움직이며 벼락처럼 배트를 휘두르는
지미 그랜.

"아아아아……."

그 모습을 보며 머리카락을 부여잡으며 절규하는 차동호.

끝났다.

차지혁은 결정구로 컷 패스트볼을 던졌고, 지미 그랜은 노
리던 컷 패스트볼이 날아오자 기다렸다는 듯 중심 이동을 하
며 배트를 휘둘렀다.

배트의 중심에 공이 맞기 직전에 공의 궤적이 조금 더 아래
로 가라앉았다.

평소보다 훨씬 더 많은 회전이 걸린 공은 그대로 배트와 충
돌했다.

따… 빡!

타자의 힘과 공의 회전력을 이기지 못하고 부서져 버리는
배트.

부서지면서도 바깥쪽으로 튕겨내는 배트의 반발력에 떠오
르는 공.

지미 그랜의 얼굴에서 가득 그려졌던 미소가 일그러졌고, 마운드에서 공을 던진 차지혁은 그대로 앞으로 튀어나가며 허공에 떠오른 공을 향해 글러브를 내밀었다.

툭.

글러브에 공이 들어가고.

"아웃!"

주심이 길었던 경기의 결말을 장식했다.

—와아아아아아아아아아!

온몸이 굳어버릴 정도로 긴장해서 경기를 지켜보던 수만 명의 관중이 양팔을 높이 치켜들며 지금까지 꾹꾹 억누르며 참았던 비명에 가까운 환호성을 토해냈다.

마지막 아웃 카운트를 스스로 잡아낸 차지혁은 그대로 바닥에 드러누워서 두 팔을 하늘로 내뻗었다.

"이야아아아아아아—!"

메이저리그의 새로운 역사를, 깨트리기 어려운 불멸의 기록을 쓴 어린 투수의 포효였다.

"하… 하… 하…….."

자리에 털썩 주저앉은 차동호는 실성한 사람처럼 웃었다.

모든 것이 어긋나 버린 경기 결과다.

누구보다 잘 알고 있다 판단했던 차지혁이었다.

차지혁이 던지는 구종부터 시작해서 투구 패턴까지 모든

것이 자신의 데이터에 들어 있다 여겼다.

자신의 데이터대로라면 오늘 차지혁은 절대 퍼펙트게임을 할 수 없었다.

하지만 보란 듯이 퍼펙트게임을 달성한 차지혁의 모습에 차동호는 인정해야만 했다.

차지혁은 놀랍도록 빠르게, 그리고 무섭게 진화하고 있었다.

특히 지미 그랜이라는 막강한 타자를 상대로 던진 마지막 컷 패스트볼은 가히 압권이었다.

지미 그랜이 컷 패스트볼을 노리고 있다는 걸 알고 던져 줬다.

칠 테면 쳐라, 절대 칠 수 없는 공을 던져 줄 테니까!

그라운드에 드러누워서 동료들의 축하 세례를 받고 있는 차지혁이 모습이 눈이 부셨다.

저 어린 투수가 과연 앞으로도 어떤 성장을 보일지, 무슨 역사를 써 내려갈지 온몸이 떨릴 정도로 흥분되고 기대가 됐다.

"내가 주제넘게 나선 꼴이군."

세계 최고의 야구 선수가 되라고 조언을 했던 자신이 부끄럽게 느껴졌다.

어느 누가 말을 해주지 않아도 차지혁은 이미 스스로 세계 최고를 향해 빠르게 달려 나가고 있는 중이었다.

"고맙습니다, 차지혁 선수. 내 생에 최고의 경기를 관람하게 해주셔서서 정말 감사합니다."

차동호는 차지혁이 볼 수 없다는 걸 알면서도 그를 향해 깊숙하게 고개를 숙이며 인사를 했다.

허리를 굽혀 인사를 하는 차동호의 눈에서는 어느새 눈물이 뚝뚝 떨어지고 있었다.

가슴 깊은 곳에서부터 치밀어 올라 주체할 수 없는 희열이 차동호의 전신을 감싸 안았다.

                    *   *   *

세계를 다시 한 번 뒤집었다.

만 19세의 어리디어린 투수가 메이저리그 데뷔 2경기 만에 메이저리그의 역사를 새로 썼다.

데뷔전 퍼펙트게임.

15타자 연속 탈삼진.

9이닝 최다 23탈삼진.

2경기 연속 퍼펙트게임.

연장 13회 퍼펙트게임 투수.

22이닝 연속 퍼펙트 기록.

전 세계에 차지혁이라는 이름 석 자가 쉴 틈 없이 거론됐다.

TV를 켜도 차지혁에 대한 이야기, 신문 가판대를 봐도 대문짝만 하게 실린 차지혁의 얼굴과 기사, 인터넷에 접속해도 차지혁에 관련된 각종 기사와 커뮤니티 글들뿐이었다.

특히 미국 내에서 차지혁의 인기는 상상을 초월할 정도로 가파르게 상승하고 있었다.

데뷔전 퍼펙트게임을 기록하고 새롭게 찍어낸 수십만 벌의 유니폼이 한 시간도 되지 못해서 전량 완판되었고, 관련 상품 모두 눈을 씻고 찾아봐도 살 수가 없었다.

언론과 기자들은 차지혁과 인터뷰를 하기 위해 LA로 몰려들었고, LA 다저스의 남아 있던 시즌권은 순식간에 전량 판매, 불법적으로 웃돈까지 얹혀서 인터넷상에서 거래가 되기 시작했다.

그렇게 세상을 완전히 뒤집어 놓은 차지혁은.

"세상이 어떻게 돌아가고 있는 줄 아는 건지, 모르는 건지."

깊은 잠에 빠진 차지혁의 모습을 바라보며 형수가 피식 웃으며 조용히 방문을 닫았다.

Chapter 6

쉴 새 없이 터지는 카메라 플래시 속에서도 최대한 흔들림 없는 모습을 보이기 위해 노력했다.

이것저것 질문을 쏟아내는 사람들을 상대로 내가 할 수 있는 대답은 오로지 야구와 경기에 관련된 일뿐이었다.

그 외에 사적인 질문들에 대해서는 철저하게 노코멘트로 대응했다.

일부 기자들은 이런 내 행동이 꽤 못마땅하다는 듯 인상을 찌푸리기도 했지만, 그런 것에는 조금도 신경을 쓸 이유가 없다 여겼다.

―데뷔 2경기 만에 벌써 메이저리그의 새로운 역사를 써 내려가고 있는데, 앞으로의 목표가 무엇이죠?

금발의 아름다운 여기자가 나를 똑바로 바라보며 그렇게 물었다.

눈웃음을 살살 치는 모습이 자신의 미모를 이용해서 꽤나 많은 남자들을 홀렸을 것만 같았다.

미국에 와서 놀란 것 중 하나는 바로 여자들의 적극적인 관심이었다.

좋게 말해 관심이지 지아의 말투를 빌리자면 얼굴과 몸매를 이용해서 어떻게든 날 한 번 자빠트려 보겠다는 속셈이라고나 할까?

대한민국 사회도 꽤 개방적이지만, 확실히 미국을 비롯한 서양과 비교를 하면 여전히 보수적이었다.

"입단식에서도 말했다시피 제 목표는 오직 하나, 세계 최고의 투수가 되는 겁니다."

자질구레한 말은 모두 삭제했다.

내 말에 여기자가 눈웃음을 치며 미소를 지었다.

LA 다저스 입단식 때와는 상황이 완전히 변했다.

당시 내가 세계 최고의 투수가 되겠다고 대답을 했을 때, 여기저기서 비웃음이 나왔다.

대놓고 비웃는 사람도 있었고, 말로는 아닌 척하면서도 표정은 숨기지 않는 사람들의 모습이 아직도 눈에 선명했다.

그런데 지금은 다르다.

대다수의 사람들이 인정하는 분위기라고 할까?

가슴 속에 약간의 불신은 있을지 모르나, 어느 정도의 가능성은 분명 생각하고 있다는 뜻이다.

─애리조나와의 경기에서 13이닝, 145구를 던졌는데 다음 선발 등판에는 지장이 없는 건가요?

"선발 투수에게 괜히 4일의 휴식이 주어지는 것이 아니라고 생각합니다."

기자회견을 하기 전에도 게레로 감독은 내게 다음 로테이션을 건너뛰거나 일정을 뒤로 미루는 것이 어떻겠냐고 물어왔었다.

나를 배려했기에 한 제안이라 무척이나 고맙긴 했지만, 4일이라는 휴식 기간이라면 충분히 체력적으로 회복할 수 있는 여유가 있었다.

무엇보다 로테이션을 건너뛰면 분명 일부 언론에서는 체력적인 문제를 거론하며 날 깎아내리려고 할 것이 분명했기에 그런 소리를 듣기 싫어서라도 로테이션을 미룰 생각이 조금도 없었다.

─로테이션상으로 31일 다저 스타디움에서 콜로라도 로키스를 상대로 선발 등판이 예정되어 있는데, 사토시 준 선수와

의 대결에 자신은 있나요?

뚱뚱한 체형의 남자 기자의 물음에 좌중이 찬물을 끼얹은 듯 조용해졌다.

시범 경기, 그것도 고작 1경기뿐이었다 하더라도 어쨌든 미국에서 나를 상대로 유일하게 전 타석 안타를 때려냈던 타자는 사토시 준이 유일했기 때문이다.

특히 초구 홈런은 당시 엄청나게 이슈가 되며 나에 대한 부정적인 기사를 양산해 냈었다.

사토시 준. 시범 경기 동안 보여줬던 엄청났던 타율과 출루율을 시즌 초반에도 그대로 이어나가고 있었다.

현재 콜로라도 로키스의 1번 타자로서 타율 0.425에 출루율 0.512를 기록하고 있는 무시무시한 신인 선수로 콜로라도 로키스 팬들에게는 절대적인 지지를 받고 있는 슈퍼 루키다.

벌써부터 콜로라도 지역 언론과 몇몇 외부 언론사들은 22이닝 퍼펙트 기록 행진이 콜로라도 로키스를 상대로, 특히 1번 타자 사토시 준에 의해 깨질 가능성이 광장히 높다며 호들갑을 떨고 있었다.

"특정 타자를 상대로 자신이 있다, 없다는 의미가 없다고 생각합니다. 마운드에 오르면 상대 타자가 누구든지 최선을 다해서 공을 던질 뿐입니다."

내 대답에 질문을 한 기자는 영 마음에 들지 않는지 다시 물었다.

―시범 경기에서 사토시 준 선수에게 유독 약한 모습을 보였기 때문에 현재 많은 사람들이 22이닝 퍼펙트 기록이 더 이상 이어지지 않을 거라고 하는데, 이 부분에 대해서는 어떻게 생각하죠?

빙빙 돌렸지만, 결국은 앞의 질문과 하나도 다를 것 없는 질문이었지만 확실하게 대답했다.

"모든 스포츠는 기록에 연연하는 순간 선수 본인 스스로 무너질 수밖에 없다고 생각합니다. 그리고 이런 질문은 무의미하다 생각하기에 노코멘트 하도록 하겠습니다."

역시나 질문을 한 기자는 내 대답에 불만스러운 표정을 감추지 않았다.

그러는 사이 다른 기자가 다른 종류의 질문을 했고, 거기에 대답을 하며 기자회견은 다른 방향으로 진행되었다.

수많은 질문에 대답을 하다 보니 어느새 약속했던 3시간이 훌쩍 지나가 버렸다.

게레로 감독과 구단 직원이 서둘러 기자회견을 마무리했고, 그렇게 난 기자회견장을 빠져나올 수 있었다.

"수고했네."

게레로 감독이 내 등을 부드럽게 두드렸다.

"훌륭한 기자회견이었습니다."

구단 직원이 나에게 그렇게 말했다.

"오늘은 집으로 돌아가서 푹 쉬도록 하게."

"괜찮겠습니까?"

내 물음에 게레로 감독이 환하게 웃으며 고개를 끄덕였다.

"물론이지."

몇 시간 후면 시애틀 매리너스와의 홈경기가 있었다.

상황에 따라서는 전날 선발 투수들은 자유롭게 휴식을 취할 수 있었기에 나는 굳이 사양하지 않았다.

3시간에 걸친 기자회견으로 진이 빠지기도 했지만, 31일 콜로라도와의 경기를 생각해서라도 오늘 하루는 푹 쉴 필요가 있었다.

"혹시 시간이 괜찮다면 내일 중으로 구단주님과의 저녁 약속을 잡으려고 합니다만, 괜찮겠습니까?"

구단 직원의 물음에 나는 게레로 감독을 바라봤다.

내일도 경기가 있었으니까.

"나 때문에 약속을 못 잡았다고 하면 내 입장이 난처해지겠지?"

게레로 감독의 말에 나와 구단 직원이 피식 웃고 말았다.

구단 직원은 정확하게 약속 시간을 알려주겠다며 사무실로 향했고, 게레로 감독도 경기 준비를 위해 바쁘게 걸어갔다.

수십 명의 인파 속에서 집중 조명을 받다가 홀로 남으니 그렇게 자유롭고 편안할 수가 없었다.

집으로 돌아가서 푹 쉬어야겠다 생각하며 다저 스타디움을 빠져나왔다.

"나왔다!"

"지혁 차다!"

"코쇼다!"

편안한 혼자만의 자유는 다저 스타디움을 빠져나오기가 무섭게 깨져 버렸다.

나를 기다리고 있는 기자와 팬들이 몰려들었기 때문이다.

팬들이야 고마운 존재였기에 거부감이 들지 않았지만, 연신 사진을 찍고 질문을 퍼붓는 기자들의 모습은 절로 미간이 일그러졌다.

기자들의 질문은 깨끗하게 무시하며 사인을 요청하는 팬들만 상대했다.

대부분 야구공이나 내 이름과 등번호가 마킹되어 있는 유니폼에 사인을 요청했고, 어떤 팬들은 글러브를 내밀기도 했다.

그중 나를 가장 당황스럽게 만든 팬은 한 여성 팬이었는데,

내 앞에서 양팔을 자신의 상의 안으로 집어넣더니 입고 있던 브래지어만 쏙 빼서는 당당하게 내밀며 사인을 해달라고 했다.

상의를 입고 있는 상태에서 브래지어만 빼는 기술도 참 신기했고, 낯선 남자에게 자신의 속옷을 내밀며 사인을 해달라고 하는 행동도 무척이나 신기했다.

붉어진 얼굴로 브래지어에 사인을 해주니 여성 팬이 포옹까지 요구해서 방어막이 해제된 가슴의 감촉을 고스란히 느껴야만 했다.

사인을 해주는 사이 계속해서 팬들이 몰려들었다.

기자회견 스케줄을 미리 알고 온 팬들도 있었고, 오늘 경기를 위해 미리 다저 스타디움 주변을 돌아보던 팬들도 있었다.

팬들에게 사인을 해주고, 사진까지 찍어주다 보니 1시간이 빛의 속도로 지나갔다.

더 이상은 시간을 할애할 수도 없고 슬슬 피로감도 들었기에 팬들에게 양해를 구했다.

극성스러운 기자들과 다르게 확실히 팬들은 웃으며 자발적으로 물러났다.

일부 팬들이 다음에 꼭 사인을 해달라는 말에 나 역시 그러겠다고 대답하고 얼른 집으로 향할 때였다.

"안녕하세요, 차지혁 선수!"

옅은 화장기 있는 얼굴의 여자가 불쑥 내 앞을 막아섰다.

신경 써서 차려입은 듯한 여성정장 차림의 미인이었는데, 아무리 봐도 야구팬으로는 보이질 않았다.

기자거나 방송국 직원이라는 소리다.

"누구십니까?"

딱딱한 내 말투에 여자가 살짝 당황한 듯한 표정을 내비치다 이내 아무렇지도 않다는 듯 명함을 내밀었다.

"MSB 방송국 황지연이라고 합니다."

명함을 슬쩍 바라보니 PD라고 쓰여 있었다.

"무슨 일이십니까?"

차동호 기자에게 미리 들어서 알고 있었음에도 모르는 척 그녀를 바라봤다.

"메이저리그에서 대기록과 함께 새로운 기록을 세우신 것 정말 축하드려요. 오래전부터 차지혁 선수의 팬으로서 정말 기뻐서……"

누가 들어도 립서비스식 칭찬이었기에 단칼에 그녀의 말을 잘라 버렸다.

"죄송합니다만, 제가 지금 상당히 피곤합니다. 용건만 간단하게 말씀해 주시면 좋겠습니다."

자신의 말이 끊겼기 때문인지 그녀의 표정이 잠시 일그러졌지만, 충분히 이해한다는 듯 작게 고개를 끄덕였다.

"이번에 저희 MSB 방송국에서 차지혁 선수에 대한 특별 방송을 기획했습니다. 그래서 그 부분에 대해서 차지혁 선수와 대화를 나눴으면 합니다."

"간단하게 방송에 출연을 해달라는 뜻 아닙니까? 그렇다면 저는 생각이 없습니다."

차동호 기자의 말을 듣고 생각을 해봤지만, 역시 아직은 이르다는 생각뿐이었다.

언젠가는 분명 방송국 카메라 앞에 서야 하겠지만, 그 시기가 지금은 아니라는 판단이었다.

"차지혁 선수가 딱히 방송을 위해 해주실 건 없습니다. 저희 촬영팀이 차지혁 선수의 훈련 모습이나 시합 영상 등만 밀착 촬영을 할 수 있도록 허락해 달라는 겁니다. 차지혁 선수의 훈련이나 경기에 어떠한 걸림돌도 되지 않도록 조용히 촬영만 할 테니 승낙해 주시길 부탁드립니다."

"죄송합니다."

재빨리 그녀를 지나쳐서 걸음을 옮겼다.

그러나 끈질기게 그녀는 내 곁을 따라 붙으며 계속해서 날 설득하려고 했고, 결국 집 앞까지 쫓아왔다가 내가 집으로 들어가 버리자 멈춰서야만 했다.

집으로 들어와 따뜻한 물에 샤워를 하고 냉장고에서 싱싱

한 과일을 꺼내 깨끗하게 씻었다.

한국에서는 항상 어머니가 몸에도 좋고 피로 회복에도 좋다며 과일을 자주 챙겨줬지만, 미국에 와서는 혼자 해먹어야 하다 보니 대충 몇 가지의 과일을 한꺼번에 갈아서 주스처럼 마시는 것이 일상이 되어 있었다.

깨끗하게 씻은 과일을 갈기 좋도록 적당하게 자른 후에 믹서기를 돌렸다.

잘 갈린 과일 주스를 들고 소파에 앉아서 TV를 틀었다.

스포츠 관련 채널은 너 나 할 것 없이 나에 대한 뉴스와 영상이 방송되고 있었고, 일부 케이블 채널들 역시도 내 이야기로 방송을 하고 있었다.

이리저리 채널을 돌리던 와중 초인종이 울렸다.

"누구십니까?"

"차지혁 선수, 접니다."

황병익 대표의 음성에 재빨리 현관문을 열어줬다.

"역시 집에서 쉬고 계셨군요."

황병익 대표가 빙긋 웃고는 뒤쪽의 건장한 체격의 남자들을 바라보며 몇 가지 지시를 내렸다.

3명의 남자가 양손 가득 무거운 짐들을 들고 집 안으로 들어와 한쪽에 가지런히 내려졌다.

각종 상자와 쇼핑백 등이 순식간에 집 안을 채우기 시작했다.

"이게 다 뭡니까?"

"차지혁 선수의 팬들이 에이전시로 보내온 선물입니다."

예상은 했지만, 생각보다 그 수가 많았기에 얼떨떨했다.

집을 알고 직접 선물을 보내오는 팬들도 있었지만, 대다수의 팬들은 에이전시로 선물을 보냈다.

혹시라도 모를 테러를 방지해야 한다는 황병익 대표의 말 때문이기도 했지만, 훈련과 경기에 집중해야 하는 나를 대신해서 관리를 해주는 일이기도 했다.

"그리고 이건 제가 드리는 겁니다."

황병익 대표가 쇼핑백을 내게 내밀었다.

쇼핑백을 받아서 내용물을 확인하자 고급스러운 케이스 두 개가 담겨 있었다.

그중 하나는 눈에 익숙한 롤렉스 시계 케이스였다.

"지금 메이저리그의 모든 포수들은 루이스 토렌스를 가장 부러워할 겁니다. 하하하."

퍼펙트게임 달성 기념으로 토렌스에게 줄 롤렉스 시계였다.

황병익 대표가 퍼펙트게임을 달성할 때마다 롤렉스 시계 만큼은 자신이 직접 선물을 해주고 싶다고 했기 때문에 이번에도 역시 구입해 온 거였다.

"이건 뭡니까?"

"생각해 보니 루이스 토렌스는 만 달러가 넘는 고급 시계를 선물로 받았는데, 차지혁 선수는 아무것도 없는 것 같아서 하나 샀습니다."

"파텍필립? 유명한 브랜드입니까?"

"롤렉스보다 조금 더 유명합니다."

황병익 대표가 의미심장하게 웃으며 그렇게 대답했다.

나중에 알게 된 사실이지만, 황병익 대표가 선물을 해준 파텍필립 시계는 명품이라 불리는 롤렉스마저 준명품으로 만들어 버릴 정도로 무지막지하게 비싼 시계였다.

세계 최고의 시계 브랜드로 시계들 중 왕이라 부르면 된다.

놀랍게도 황병익 대표가 선물이라며 준 파텍필립 시계의 가격은 무려 36만 달러여서 차고 다니기가 부담스러울 정도였다.

"마실 것 좀 드릴까요?"

황병익 대표는 내가 직접 만든 과일주스를 힐끔 바라보더니 고개를 저으며 사양했다.

하긴, 내가 봐도 비주얼적인 측면에서는 좀 괴상한 주스였으니까.

솔직히 맛도 특이했다.

오로지 몸에 좋다고 하니 마실 뿐이었다.

"그런데 집 앞에 수상한 차량 한 대가 서 있던데, 알고 계십니까?"

"수상한 차량이요?"

무슨 소린가 싶어서 창문 커튼을 열어서 주변을 살펴보니 집 앞에 승합차 한 대가 주차되어 있었다.

내부는 짙은 틴팅으로 보이질 않았다.

"아는 차량입니까?"

황병익 대표의 물음에 나는 고개를 저었다.

"처음 보는 차량입니다. 그런데 수상하다고 하기에는 너무 노골적으로 주차를 해놓은 것 같은데요?"

"그렇긴 합니다만, 제가 한 번 알아보죠."

황병익 대표가 곧바로 현관문을 나가서는 차량으로 접근했다.

창문을 두드리자 문이 열리면서 내부가 드러났는데, 탑승하고 있던 사람 중 한 명이 눈에 익었다.

MSB 방송국 황지연이라는 PD였다. 결국, 방송국 차량이라는 사실에 나는 더 이상 관심을 갖지 않고 커튼을 쳐버렸다.

황병익 대표가 집으로 돌아오자 MSB 방송국에 대해서 이야기를 했다.

"방송 출연은 정말 생각이 없는 겁니까?"

"아직까지는 확고합니다."

내 대답에 황병익 대표는 더 이상 방송국 문제에 대해서는 거론하지 않았다.

"어제부터 에이전시 업무가 완전히 마비 상태입니다."

"예?"

"차지혁 선수와 계약을 하고 싶다는 기업들이 쉬질 않고 연락을 해오고 있습니다."

말을 하는 황병익 대표의 얼굴엔 즐거움이 가득했다.

"차지혁 선수의 뜻을 알기에 거절하고 있습니다만, 메이저 리그 사무국과 게임 업체의 제안은 긍정적인 방향으로 받아들이는 것이 어떨까 합니다."

"생각을 해보겠습니다."

황병익 대표는 내 대답에 고개를 끄덕였다.

"일반 기업 CF는 그렇다 하더라도 메이저리그 사무국에서 제작하는 선수 광고 영상은 되도록 찍는 편이 좋습니다. 메이저리그 사무국에서 직접 선정한 선수 광고 영상은 기본적으로 성적과 인기가 따라줘야 하고, 지금까지 단 한 번도 신인 선수에게 영상 제작 의뢰가 들어간 적이 없었습니다. 고작 2경기만에 메이저리그 사무국에서 선수 광고 영상을 제안한 건 정말 의미가 있는 일입니다."

메이저리그 사무국에서 제작하는 선수 광고 영상은 어디까지나 선수를 홍보하는 영상이다.

물론, 선수 홍보를 하면서 메이저리그를 광고하는 것이기도 하지만 선수 개인플레이 영상이 주를 이루고 있었기에 선수에게 크게 도움이 되는 건 확실했다.

뿐만 아니라 메이저리그 사무국에서 제작하는 선수 광고 영상의 경우 현재 가장 뛰어난 메이저리거라는 공증이기도 했다.

다만, 모델료는 거의 없다시피 했다.

"고마운 일이죠."

솔직히 나 역시도 다른 건 몰라도 선수 광고 영상은 긍정적으로 바라보고 있었다.

"게임 업체의 제안도 마찬가지입니다. 라이센스 계약으로 차지혁 선수가 손해 볼 일은 없습니다. 그리고 게임 시장의 규모가 워낙 크기 때문에 계약금도 상당합니다. 가장 기본적으로 야구 게임을 하는데 현재 최고의 투수나 다름없는 차지혁 선수로 플레이를 하지 못한다면 얼마나 아쉽겠습니까?"

슬쩍 웃으며 말을 하는 황병익 대표였다.

"라이센스 계약은 하도록 하겠습니다. 하지만 게임 홍보 광고나 모델 사진을 찍을 생각은 여전히 없습니다."

"그 부분은 제가 알아서 조율을 하도록 하겠습니다. 프로필 사진이나, 실제 경기 영상을 이용하면 충분히 가능할 겁니다."

"황 대표님께서 알아서 해주세요."

내 말에 황병익 대표는 귀찮은 일은 절대 발생하지 않도록 하겠다며 자신 있게 대답했다.

"그리고 성대준 대표에게서 연락이 왔었습니다. 차지혁 선수와 공동으로 재단을 하나 만들었으면 한다고 하더군요."

"재단이요?"

"차지혁 선수를 광고 모델로 유일하게 독점하고 있는 울 아닙니까? 요즘도 매출이 아주 가파르게 상승하고 있고, 해외 시장 진출에도 박차를 가하고 있다고 합니다. 회사 규모도 상당히 커졌습니다. 뭐, 그것보다도 성대준 대표의 생각을 들여다보면 차지혁 선수와의 유대관계를 더욱더 끈끈하게 만들려는 게 아닌가 싶습니다. 재단 이름도 '차앤울 재단' 이 어떻겠냐고 하더군요. 기본적으로 재단의 규모는 자세하게 논의를 해봐야겠지만, 3 대 7 혹은 4 대 6의 규모로 울 측에서 부담을 더 하겠다고 합니다. 기본적으로 어려운 환경 속에서 야구를 하는 유소년들을 중심으로 후원을 하면 어떻겠냐고 했습니다."

재단이라는 소리에 내가 벌써 그럴 처지인가 싶었지만, 한편으로는 나쁘지 않다 여겼다.

"좋은 뜻이라면 거부할 이유가 없습니다. 하지만 울 측에서 조금이라도 상업적으로 재단을 이용하려는 생각이라면 앞으로의 모델 계약도 모두 계약 해지하도록 하겠습니다. 그리고 재단과 관련된 부분은 한국에 계신 부모님께 상의를 드려보는 게 좋을 것 같습니다. 그런 부분은 아무래도 저보다는 아버지나 어머니가 나을 겁니다."

"조만간 한국에 한 번 다녀와야겠습니다. 하하."

이후로도 황병익 대표와 이런저런 이야기를 나누다 보니 어느새 2시간이 훌쩍 지나 있었다.

"너무 오랜 시간 차지혁 선수의 휴식을 방해하고 말았군요."

"아닙니다. 이런 날이 아니면 또 언제 이렇게 대표님과 대화를 나누겠습니까?"

"그렇게 생각해 주니 고맙습니다. 아, 그리고 한국 언론과 방송사에 대해서는 다시 한 번 강력하게 경고를 해두겠습니다. 아무리 통제하려고 해도 한국에서의 경험 때문인지, 워낙 극성스러워서 통제가 제대로 되질 않는군요."

미안하다는 황병익 대표의 말에 나는 아니라는 듯 고개를 저었다.

방송국과 언론사들이야 에이전시로 연락을 해봐야 백이면 백 거절이라는 소리밖에 못 들으니 그들로서도 날 찾아올 수밖에 없다는 걸 충분히 이해했다.

물론, 훈련과 경기에 방해를 하지 않으니 이해를 하는 것이지 어떤 식으로든 내게 피해를 준다면 그때는 강력하게 법적인 조치를 할 생각까지도 갖고 있었다.

"추가적으로 의논을 해야 할 일이 생기면 곧장 연락을 하겠습니다. 다시 한 번 2경기 연속 퍼펙트게임 신기록을 축하합니다."

황병익 대표를 배웅하고 곧바로 방으로 올라갔다.

정말 편안하게 휴식을 취해야 할 시간이었다.

*   *   *

"피디님, 이런다고 차지혁 선수가 촬영을 허락할까요? 제가 볼 때는 정말 의미 없는 행동인 것 같은데요? 피디님도 아시다시피 차지혁 선수는 그룹 광고도 거부한다고요. 그 말이 뭘 의미하는지 모르는 건 아니죠?"

카메라 감독의 말에 황지연이 살짝 인상을 찌푸렸다.

"나도 압니다. 돈에 달관한 인간이잖아요."

정말 특이한 사람이라는 생각밖에 들지 않는 황지연이었다.

그녀가 볼 때 이 세상에서 돈 싫어하는 사람은 절대 없었다.

가지지 못한 자는 굶주려 있고, 가진 자는 더 욕심을 내는 게 바로 돈이다.

아직 어려서 돈이라는 요물이 지닌 힘을 모르는 걸까?

어쩌면 그럴지도 모른다 생각이 드는 황지연이었다.

'야구만 했으니 세상 물정을 알 리가 없지.'

중요한 건 차지혁이 아무리 거부한다 하더라도 자신은 어떻게든 방송 촬영을 성사시켜야 한다는 사실이다.

국장실에서 직접 내려온 특별 지시였다.

오죽했으면 황 부장이 방송 촬영을 끝내기 전까지는 한국 땅 밟을 생각도 하지 말라고 엄포를 했을까.

정상적인 루트를 통하자면 당연히 에이전시 쪽에 먼저 연락을 줘야 한다.

하지만 차지혁은 이미 방송가와 언론에 소문이 자자했다.

에이전시에 연락을 해봐야 돌아올 대답은 거절이라는 걸 알기에 황지연은 예의가 없다 찍히더라도 직접 차지혁에게 달라붙어 거머리 작전을 쓰는 수밖에 없었다.

"정말 이대로 계속 쫓아다니실 건 아니죠?"

카메라 감독의 말에 뒤쪽에 아무런 말도 못하고 앉아 있던 신입 작가가 불안한 표정으로 황지연을 바라봤다.

"다른 좋은 방법이 있으면 언제든 말하세요."

다른 수가 생기기 전까지는 계속해서 이렇게 주변을 맴돌겠다는 황지연의 무식하기 짝이 없는 계획에 카메라 감독과 신입 작가의 표정이 잔뜩 일그러졌다.

특히 여자인 신입 작가의 표정은 당장에라도 죽을 것처럼 변했다.

*   *   *

"이쪽으로 오십시오."

지배인의 안내를 받으며 그의 뒤를 따라 걸으면서 주변을 둘러봤다.

태어나서 이렇게 고급스러운 레스토랑은 처음이었다.

LA에서도 돈 좀 있다는 사람들만 이용한다는 최고급 레스토랑으로 명성이 자자하다고 했다.

지배인을 따라서 도착한 곳에는 두 명의 남자와 한 명의 여자가 앉아 있었다.

60대 중반으로 보이는 금발 남자가 바로 LA 다저스의 구단주 마크 앨런이다.

'실제 나이는 70이 넘었다고 했던가?'

확실히 보기에는 나이보다 훨씬 어려보이는 마크 앨런이었다.

"어서 오게."

구단주 마크 앨런이 직접 일어나서 악수를 해왔다.

악수를 하고 나자 마크 앨런이 옆에 있는 여자를 소개해 줬다.

지금까지 태어나서 만나본 가장 아름다운 여자라고 해도 과언이 아닐 정도로 여자의 미모는 대단했다.

"내 딸 로앤 앨런이네. 오늘 자네를 만난다고 하니 자신도 꼭 데려가 달라고 하는 통에 이렇게 데리고 올 수밖에 없었네. 이해해 주게."

"괜찮습니다."

"반가워요. 로앤 앨런이에요. 당신의 시합은 정말 놀라웠어요."

나이가 몇 살인지는 몰랐지만, 말투나 행동에 자신감이 충만했다.

"감사합니다."

마지막으로 익숙한 얼굴의 맥브라이드 단장이 웃으며 나와 악수를 하고는 자리에 앉았다.

구단주와의 저녁 식사 자리는 예상했던 것처럼 유쾌하지는 않았다.

특별히 나를 불편하게 만들거나, 위압적이지는 않았지만 구단주라는 위치가 워낙 높다 보니 나 스스로 편안하지가 않았다.

그런 분위기 속에서도 로앤 앨런은 나에 대한 질문을 끊임없이 해대고 있었다.

야구를 어떻게 시작했냐, 힘들지는 않냐, 메이저리그에 진출 했을 때 각오가 어땠냐, 퍼펙트게임을 달성했을 때는 누가 가장 먼저 생각났냐 등등 내 입장에서는 하나도 궁금할 것 없는 것들뿐이었다.

그렇다고 딱히 예의 없이 질문을 하는 것도 아니었기에 적당한 선에서 대답을 해주었다.

자리는 불편했지만, 음식은 상당히 만족스러웠다.

돈 많은 사람들이 이용하는 최고급 레스토랑답게 입에서 사르르 녹아내리는 음식들은 나중에 부모님과 지아를 데리고 와야겠다고 다짐하게 만들었다.

나를 제외하고 가볍게 와인까지 마시며 식사를 마치고 나자 구단주 마크 앨런이 의외의 말을 했다.

"자네가 정말 세계 최고의 투수가 된다면 내가 이 자리에서 확실하게 약속을 하지. 자네가 은퇴하는 그 순간까지 절대 부족함이 없는 세계 최고의 대우를 해주겠네."

마지막으로 악수를 하고 먼저 자리를 일어나는 구단주 마크 앨런의 표정에는 만족감이 가득했다.

나와 다르게 그는 오늘 이 자리가 무척이나 마음에 들었던 모양이다.

"오늘 만남 즐거웠어요. 개인적으로 만나고 싶은데 괜찮을까요?"

로앤 앨런의 질문에 정중하게 대답했다.

"지금은 개인적인 시간이 없습니다. 죄송합니다."

"그런가요?"

묘한 미소를 남기고 로앤 앨런이 등을 돌렸다.

역시나 맥브라이드 단장이 마지막이었다.

단장이었지만, 구단주와 그 딸이 앞에 있으니 순위가 밀릴 수밖에 없는 처지였다.

"자리가 불편했죠? 이해해 주길 바랍니다. 앞으로도 좋은 활약 부탁합니다."

"최선을 다하겠습니다."

맥브라이드 단장은 내 대답이 만족스러웠는지 환한 웃음을 보이고는 헤어졌다.

집으로 돌아가기 위해 레스토랑을 나오며 오늘 저녁 약속이 무슨 의미가 있었나 생각을 해봤다.

아무리 생각해도 특별한 의미를 부여하기가 힘든 저녁이

었다.

그리고 되도록 이런 불편한 식사 자리는 없었으면 하는 게 솔직한 내 진심이었다.

레스토랑 앞에 대기하고 있던 구단에서 보내온 차를 타고 집으로 돌아왔다.

"저녁은 만족스러웠나요?"

집으로 들어가기 위해 현관으로 걸어가던 중 황지연이 불쑥 접근해 왔다.

말투에 꽤 날이 서 있는 것처럼 느껴졌다.

어제부터 계속해서 내 주변을 떠나지 않고 있는 황지연이 참 끈질기다는 생각이 들었다.

"예. 만족스러웠습니다."

간단하게 대꾸하고는 현관문을 열고 집 안으로 들어가 버렸다.

뒤에서 황지연이 뭐라고 중얼거리는 소리가 들렸지만, 깨끗하게 무시해 버렸다.

＊　　　＊　　　＊

쐐애애액!

퍼어엉!

"좋다! 아주 힘이 펄펄 넘치네!"

형수가 웃으며 공을 돌려줬다.

아직 젊기 때문인지 전 경기에서 13이닝, 145구나 던졌음에도 체력은 멀쩡하게 돌아와 있었다.

"이러다가 오늘도 퍼펙트게임 하는 거 아냐?"

형수가 다가와 장난스럽게 말했다.

가능성이 희박하다는 걸 알기에 딱히 대꾸를 하지 않았다.

더욱이 오늘 상대는 콜로라도 로키스다.

앞서 상대를 했던 샌디에이고 파드리스는 말할 것도 없고, 애리조나 다이아몬드백스보다도 공격력이 좋다 평가를 받는 팀이었기에 퍼펙트게임은커녕 실점이나 하지 않으면 다행이라 여겨야 했다.

어제 있었던 1차전에서도 두 팀의 투수진을 난타하며 8 : 9라는 스코어가 발생했다.

가까스로 LA 다저스가 승리를 가져가긴 했지만, 콜로라도 로키스 타자들의 배트가 굉장히 달궈진 상황이었기에 오늘 경기는 한순간의 실수가 치명적인 결과를 만들어 낼 수 있었다.

"사토시 준, 그 자식은 진짜 조심해라."

어제 경기에서도 2안타 2볼넷으로 콜로라도 로키스의 돌격대장 역할을 톡톡히 해낸 사토시 준이었다.

"그래야지."

시범 경기에서 완벽하게 나에게 패배를 안겨줬던 사토시 준과의 재대결.

나 역시 무척이나 기대가 되고 있었다.

Chapter 7

쉬질 않고 이어지던 카메라 셔터 음이 끊어지고, 카메라를
들고 있던 남자가 곁에 서 있던 스탭을 슬쩍 바라봤다.

"30분 쉬겠습니다."

카메라 앞에서 포즈를 잡고 있던 모델을 향해 4명이나 되
는 사람들이 몰려갔다.

분주하게 장비를 점검하거나 가동을 중지시키는 스탭들까
지, 사진 촬영은 중지됐지만 이때만 기다렸다는 듯 정신없이
움직이는 사람들로 인해 휴식 시간은 조용하지 않았다.

카메라를 들고 있던 남자는 편안한 의자에 앉아서 자신이

찍은 사진들을 컴퓨터로 확인했다.

어떤 사진이 나와도 남자의 표정에는 변화가 없었다.

감정 변화를 찾을 수 없는 얼굴로 묵묵히 모니터를 바라보던 남자는 이윽고 마지막 사진까지 확인하고 나서야 편안하게 몸을 의자에 묻고는 지그시 눈을 감았다.

"해먼! 오늘 레코드 브레이커 선발 등판 아니야?"

"맞아. 오늘 3번째 선발 등판 경기일이야."

"오늘은 어떨까? 설마 오늘까지도 퍼펙트게임을 기록하는 건 아니겠지?"

"하하하. 그걸 말이라고 하는 거야? 만약, 그런 기록이 또다시 만들어진다면 메이저리그의 수준을 의심해야겠지. 장담하건데 오늘은 절대 그런 일 없을 거야."

"그렇겠지? 3경기 연속 퍼펙트게임은 정말 말도 되지 않는 일이지."

"오늘 경기의 관건은 과연 레코드 브레이커가 퍼펙트 이닝을 몇 이닝까지 달성하느냐지."

장비를 점검하던 스탭들의 대화에 눈을 감고 있던 남자가 눈을 뜨고는 주머니에서 핸드폰을 꺼내 들었다.

촬영 중에는 절대 핸드폰 사용을 허용하지 않는 남자였지만, 휴식 시간만큼은 예외였다.

핸드폰 바탕 화면에 깔린 야구 생중계 어플을 통해서 남자는 곧바로 LA 다저스의 생중계 방송으로 접속했다.

경기 준비 화면을 보니 10분 내로 경기가 시작될 것 같았다.

"콜로라도 로키스였군."

매마른 듯한 음성이 남자의 입에서 흘러나왔다.

여전히 별다른 표정 변화가 없었지만, 눈빛만큼은 상당한 기대감을 품고 있었다.

"사진은 잘 나왔나요?"

핸드폰 화면에 집중하고 있던 남자의 곁으로 오늘 사진 촬영의 메인 모델인 안젤라 쉴즈가 옆자리에 앉았다.

갈색 머리카락에 에메랄드처럼 반짝이는 눈동자를 가진 안젤라 쉴즈는 현재 급부상하고 있는 모델로 환상적인 몸매에 헐리우드 여배우들보다도 아름다운 외모로 인해 현재 가파른 성공 성장세를 내달리고 있었다.

남자는 안젤라 쉴즈에게 시선도 주지 않으며 고개만 끄덕였다.

톱스타를 향해 질주하고 있는 안젤라 쉴즈였지만, 그녀의 성격은 신인 시절과 달라진 구석이 하나도 없었다.

어딜 가나 자신에게 잘 보이려고 하는 사람들뿐이었기에 그것에 익숙해진 사람이라면 남자의 행동에 기분이 상할 만도 했지만, 그녀는 어떠한 불만이나 불쾌감도 드러내지 않았다.

오히려 무엇이 남자를 저렇게 집중하게 만드는지 슬쩍 고개를 밀착시켜 핸드폰 화면을 확인하는 안젤라 쉴즈였다.

"아! 오늘 척의 선발 경기가 있는 날이었지!"

안젤라 쉴즈의 짧은 탄성에 남자가 슬쩍 고개를 돌려 그녀를 바라봤다.

"야구 좋아하나?"

"물론이죠! 어렸을 때부터 우리 가족은 모두 메이저리그 팬이었죠. 응원하는 팀은 다르지만, 요즘 가장 유명한 투수가 척이라는 건 너무 잘 알고 있죠."

LA 다저스의 투수 차지혁을 부르는 '척'은 다저스 선수들과 그의 팬사이트 회원들만이 아는 애칭이었다.

워낙 많은 별명을 가지고 있는 차지혁이었지만, 그의 팬들은 모두 '척'이라고 부르고 있었다.

그렇기에 팬사이트 회원들이 아니면 차지혁을 '척'이라고 이렇게까지 자연스럽게 부를 수가 없었다.

"솔직하게 말해서 이번 촬영도 매니저에게 직접 요구를 한 걸요."

"어째……."

이유를 물으려던 남자는 자신을 빤히 바라보며 생글생글 웃고 있는 안젤라 쉴즈의 모습에 입을 다물었다.

"척은 어떤 사람이죠?"

안젤라 쉴즈가 눈을 반짝이며 물어왔다.

"그는……."

남자, 이제는 상당히 유명한 사진작가가 되어버린 메이저 리그의 전설적인 투수 랜디 존슨은 차지혁에 대한 기억을 떠올리기 시작했다.

*　　*　　*

다저 스타디움에 가득 들어선 관중들은 경기를 시작하기 위해 마운드로 향하는 내 모습만으로도 기립 박수를 쳐주며 열광적인 응원을 보여줬다.

메이저리그 최고의 투수라고 할 순 없지만, 현재 가장 주목받고 있는 선수인 건 사실이었다.

2경기 연속 퍼펙트게임이라는 기록은 그 정도로 파급력이 컸다.

오늘 경기에서도 나와 호흡을 맞출 포수는 루이스 토렌스다.

모르는 사람들은 토렌스가 나 때문에 대기록의 조연이 되었고, 2개나 되는 고가의 롤렉스 시계를 선물로 받았다고 하지만 모르고 하는 헛소리다.

내가 기록한 퍼펙트게임의 절대적인 공헌자는 다른 누구

도 아닌 바로 토렌스였으니까.

그는 결코 조연이 아닌 나와 함께 2경기 연속 퍼펙트게임의 공동 주인공인 셈이다.

마운드에 서서 포수 마스크를 쓰고 있는 토렌스를 바라봤다.

경기 직전 나눴던 대화가 생각났다.

3번째 롤렉스 시계의 디자인을 거론했던 그의 모습에 피식 웃음이 나왔다.

가볍게 연습구를 던지며 긴장감을 해소시키고는 타석에 들어서는 콜로라도 로키스의 1번 타자 사토시 준을 바라봤다.

시범 경기에서 만났을 때와 조금도 달라지지 않은 사토시 준이었다.

사람들은 벌써부터 내셔널리그의 신인왕 경쟁이 나와 사토시 준의 2파전이라고 했다.

분명 임팩트적인 부분에서는 투수인 내가 압도적으로 우위에 있었지만, 시즌 전체의 성적을 놓고 본다면 사토시 준도 결코 만만하지가 않았다.

10경기에서 무려 0.452의 타율을 유지하고 있는 사토시 준의 타격 능력은 확실히 무시무시했다.

역대급 신인이라는 소리가 괜히 나오는 게 아니다.

사토시 준과 마찬가지로 톱3라 불렸던 역대급 신인 타자인 마이크 테일러, 시몬 산체스가 상대적으로 성적이 떨어지는 것과 비교해도 사토시 준의 현재 성적은 가히 공포스러울 지경이라 불러도 좋았다.

그러나 고작 10경기의 성적일 뿐이다.

시즌 내내 지금과 같은 성적을 유지하는 타자는 거의 없다.

마찬가지로 나 역시도 똑같다.

당장 오늘 경기에서 난타를 당하며 패전 투수가 되고, 평균 자책점이 고공행진을 할 수도 있다.

무려 162게임을 치러야 하는 메이저리그다.

초반의 반짝 활약만 놓고 본다면 사토시 준보다도 더 좋은 성적을 가지고 있는 타자들도 여럿 있었다.

하지만 그래봐야 시즌이 끝나면 최정상급 타자의 타율이 3할 중반이고, 3할만 찍어도 신인으로서는 대단하다는 평가를 받기에 충분했다.

투수 역시도 마찬가지다.

신인 투수에게 20승을 바라는 구단은 어디에도 없다.

15승만 거둬도 그해 최고의 신인이라 평가를 받는다.

문제는 타자와 투수의 신인왕 경쟁은 아무래도 타자 쪽에 무게가 실릴 수밖에 없다는 점이다.

'신인왕도 중요하지만······.'

사토시 준이 내 앞에서 무기력했다는 사실을 모두에게 알릴 작정이다.

흔하게 말하는 천적 관계를 오늘 경기에서 만들어 놓을 각오를 하고 있었다.

타석에 서서 나를 지그시 바라보는 사토시 준에게 초구를 던지기 위해 천천히 와인드업을 했다.

초구는 몸 쪽 꽉 들어차는 포심 패스트볼이다.

오픈 스탠스를 밟고 서 있는 사토시 준이었기에 몸 쪽 공에 대한 대처도 굉장히 뛰어나다 평가를 받고 있었지만, 몸 쪽 공을 선호하거나 좋아하는 건 아니었다.

실제 데이터 상으로도 몸 쪽보다는 바깥쪽 공을 더 잘 밀어치고 있었다.

쇄애애애액!

퍼—엉!

"스트라이크!"

몸 쪽을 송곳처럼 파고 들어가는 96마일의 포심 패스트볼에 사토시 준은 섣부르게 배트를 휘두르지 않았다.

쉽게 칠 수도 없었고, 정말 제대로 타격에 성공시키지 못하면 범타가 나올 확률이 굉장히 높았기에 타자 입장에서는 지켜보는 편이 가장 현명했다.

두 번째 공은 바깥쪽을 걸치는 컷 패스트볼을 던졌다.

가장 기본적인 투구 패턴이지만, 제구력이 좋고 구속과 구위가 뛰어난 투수가 던지는 공이라면 타자 입장에서는 심하게 짜증이 날 수밖에 없는 공이다.

　2스크라이크 노볼 상황에서도 사토시 준의 표정에는 어떠한 변화도 없었다.

　저런 사토시 준의 모습으로 인해 일본 야구팬들은 그림자 무사라고 부른다고 했다.

　심리 싸움을 좋아하는 투수 입장에서는 정말 마주치고 싶지 않은 타자였다.

　이제 3구다.

　사토시 준을 위해 준비한 3구는…….

　쇄애애애애애액!

　퍼―어어엉!

　"스트라이크! 타자 아웃!"

　포수 미트를 뚫고 나갈 것 같은 불같은 강속구.

　102마일의 포심 패스트볼이 낮은 코스의 스트라이크 존을 뚫어버렸다.

　공 반 개 가량만 낮았어도 볼 선언을 받았을 정도로 코스가 기가 막혔다.

　최대한 낮게 던지려고 했던 집중력이 빛을 발했다.

　배트를 휘둘러보지도 못하고 사토시 준은 루킹 삼진을 당하고 말았다.

사토시 준은 나를 가만히 바라보다 여전히 표정 변화 없이 몸을 돌렸다.

'이제 시작일 뿐이다.'

더그아웃으로 돌아가는 사토시 준을 바라보며 나는 글러브로 입을 가리며 빙긋 웃었다.

딱!

체인지업이 배트에 걸리면서 총알처럼 3루수를 뚫고 지나갔다.

첫 번째 피안타.

절망스러운 탄식과 머리를 부여잡으며 신을 찾는 관중들의 모습이 눈에 들어왔다.

그것도 잠시 관중들은 하나가 되어 박수를 치며 날 응원해 줬다.

2아웃을 잡아놓고 3번 타자, 존 킹슬리에게 결국은 안타를 맞고 말았다.

콜로라도 로키스에서 가장 많은 연봉을 받고 있는 존 킹슬리는 메이저리그 입성 8년 차 베테랑으로 지금까지 단 한 번도 3할 밑으로 타율이 떨어진 적이 없었다.

핫 코너인 3루를 맡고 있었으며, 수비 실력은 좀 떨어지지만 통산 타율 0.324에 매년 30개 가까운 홈런을 치는 존 킹슬리는 콜로라도 로키스의 핵심 타자이자 프랜차이즈 스타로 유명했다.

존 킹슬리에게 안타를 맞으면서 연속 퍼펙트 기록은 22이닝에서 마감을 하고 말았다.

아쉬운 마음이 없다면 거짓말이지만, 한편으로는 후련하다는 생각도 들었다.

1루에 존 킹슬리를 두고 타석에 들어서는 4번 타자 앤드류 멘델슨의 표정엔 자신감이 가득해 보였다.

퍼펙트 이닝이 끊겼으니 아마도 내가 흔들릴 수밖에 없다 여기는 것 같았다.

부—웅!

"스윙! 타자 아웃!"

3구 삼진.

자신만만하게 타석에 들어섰던 앤드류 멘델슨의 표정이 보기 흉할 정도로 일그러져 있었다.

비록 연속 퍼펙트 이닝 기록은 멈춰지고 말았지만 콜로라도 로키스를 상대로 1회 초 투구 내용은 꽤 만족스러웠다.

"수고했네."

게레로 감독은 더그아웃 앞까지 나와서 나를 맞이했다.

그 외 코치들과 다른 선수들도 나를 향해 웃으며 머리 위로 손을 내밀었다.

짝! 짝! 짝! 짝!

하이파이브를 할 때마다 선수들 한 명 한 명 수고했다, 고생했다는 말을 해주었다.

진심이 느껴졌기에 가슴이 뻐근할 정도로 감정이 치솟아 올랐다.

—차! 차! 차! 차! 차! 차!

박수 소리와 함께 관중들의 외침이 경기장 전체에 울려 퍼졌다.

무엇을 뜻하는지 알기에 자리에 앉기도 전에 더그아웃 밖으로 나갔다.

메이저리그에서 처음으로 관중들에게 받아보는 커튼콜이었다.

퍼펙트게임을 달성했을 때에는 경기가 끝나고 관중들에게 열광적인 환호를 받았지만, 경기 중 이렇게 커튼콜을 받기는 처음이었다.

모두 일어나서 박수를 치며 '차'를 연호하는 관중들에게 정중하게 모자를 벗고 인사를 했다.

멈춰진 기록에도 이렇게 큰 환호를 받을 수 있다는 게 정말 가슴 뿌듯했다.

"얼굴 터지겠다. 흐흐흐!"

형수가 나에게 그렇게 말하며 익살스럽게 웃었다.

감정이 치솟다 보니 나도 모르게 얼굴이 붉어졌던 모양이다.

"형수야, 지금 나 기분 정말 좋다."

"안타 맞아서? 흐흐!"

장난스러운 형수의 말에 나는 피식 웃고 말았다.

"내가 야구를 하고 있다는 게 정말 좋다. 너도 그렇고 나도 그렇고 우리 정말 오래 야구하자."

"당연하지! 내가 좀비처럼 메이저리그에 남아 있을 거다. 40살이 돼서도 경기에 출전할 거니까 너도 그때까지만 마운드에 서라!"

형수의 말에 나는 빙긋 웃으며 고개를 끄덕였다.

정말 오래하고 싶다.

내가 가장 좋아하는 이 야구를 누구보다 오래하고 싶어졌다.

* * *

―차지혁 선수, 6회 초 콜로라도 로키스의 공격을 다시 한 번 무실점으로 막아내며 데뷔 후 28이닝 연속 무실점 행진을 이어나갑니다. 메이저리그 공식 기록으로는 2008년 브래드

지글러가 데뷔 후 39이닝 연속 무실점 기록을 세웠고, 1988년 오렐 허샤이저는 무려 59이닝 연속 무실점 기록으로 단일 시즌 최고 기록자로 남아 있습니다. 차지혁 선수의 28이닝 연속 무실점 기록도 대단합니다만, 브래드 지글러 선수의 기록을 깨려면 아직까지 12이닝이 남아 있으니 오늘 경기를 포함해서 다음 경기까지 완봉승을 거둬야만 새로운 기록자가 됩니다. 하지만 굳이 완봉이라는 어려운 과정을 거칠 필요는 없습니다. 적절한 시점에서 불펜에 마운드를 넘겨주면 3경기 이내에 충분히 새로운 신기록을 달성할 수 있습니다.

─한국 무대를 완벽하게 지배하고 메이저리그에 도전장을 내민 차지혁 선수가 데뷔전부터 시작해서 정말 대단한 활약을 보여주고 있어요. 차지혁 선수가 LA 다저스와 2억 5천만 달러라는 초대형 계약을 체결할 때만 하더라도 몇몇 구단에서는 너무 과하다라는 말이 있었지만, 이제는 오히려 LA 다저스가 싼값에 계약을 했다는 말이 나올 정도라고 하더군요.

─맞는 말씀입니다. 성적도 성적이지만, 현재 메이저리거들 중 가장 인기 있는 선수를 꼽으라면 차지혁 선수가 첫 번째로 꼽히질 않습니까? 메이저리그도 결국은 하나의 상품이라고 봤을 때, LA 다저스는 현재 차지혁 선수로 인해 상당한 수익을 얻고 있으니 확실히 2억 5천만 달러라는 거금도 그리

크게 느껴지지 않는 것 같습니다.

—그렇죠. 초대형 계약으로 이미 많은 메이저리그 팬들에게 알려져 있는데다가 데뷔전 퍼펙트게임과 2경기 연속 퍼펙트게임을 달성하면서 미국 현지에서는 이미 슈퍼스타라 불린다고 합니다. 참 대단한 선수예요.

—오늘 경기에서 1회 초에 존 킹슬리 선수에게 안타를 맞지만 않았어도 연속 퍼펙트 이닝 기록이 계속해서 이어졌을 텐데 그 부분이 참 아쉽습니다.

—솔직히 22이닝 퍼펙트 기록 자체만 놓고 봐도 믿겨지지 않죠. 겉으로 드러나진 않았어도 아마 차지혁 선수 본인도 연속 퍼펙트 기록에 상당한 부담감을 느꼈을 겁니다. 개인적으로는 짧은 단타를 맞은 게 다행이라 여깁니다. 종종 저런 경우에는 장타를 맞거나 홈런을 맞으면서 완전히 무너질 수도 있거든요. 그런 측면으로 봤을 때, 짧은 단타로 실점을 하지 않은 부분이야말로 오늘 경기에서 가장 큰 행운이 아닐까 싶기도 합니다.

—오늘 경기에서 차지혁 선수는 2개의 피안타를 기록하고 있는데, 그 상대 타자가 모두 존 킹슬리 선수 아닙니까?

—존 킹슬리 선수 참 무서운 타자죠. 통산 타율이 3할2푼4리로 콜로라도 로키스에서 가장 조심해야 하는 타자라는 말이 괜히 나온 게 아니죠. 1회와는 다르게 두 번째 대결에서는

빗맞은 안타가 나왔으니 행운마저도 차지혁 선수보다는 존 킹슬리 선수에게 더 많은 것 같군요. 존 킹슬리 선수와의 대결도 흥미롭지만, 진짜 오늘 경기의 관전 포인트는 다른 곳에 있죠.

—사토시 준 선수를 말씀하시는 겁니까?

—오늘 경기 전까지만 하더라도 사토시 준 선수는 31타수 14안타로 무려 4할5푼2리의 고타율과 5할5푼3리의 높은 출루율을 자랑했지만, 오늘 경기에서 차지혁 선수를 상대로 단 한 차례도 출루를 하지 못하면서 타율과 출루율 모두 큰 폭으로 하락했죠. 만약 차지혁 선수와 한 번이라도 더 대결이 성사되고 역시 출루를 하지 못하게 된다면 그때는 타율과 출루율 모두 5푼이 넘게 깎이니 사토시 준 선수로서는 크게 실망스러운 경기가 될 수밖에 없을 테죠.

—정확하게는 현재 사토시 준 선수의 타율과 출루율은 4할1푼2리, 5할1푼2리입니다. 여기서 박승태 해설위원께서 말씀하신 것처럼 다음 타석에서도 출루를 하지 못하게 된다면 타율과 출루율 모두 4할, 5할을 정확하게 턱걸이 하게 됩니다. 단 한 경기 만에 무려 5푼의 타율과 출루율이 깎이는 셈이니…… 시즌 초반 아무리 높은 타율과 출루율을 기록해도 결국 시즌 막바지에는 3할의 타자에게 박수를 보내는 것이 야구가 아닌가 싶습니다.

—당연하죠. 그렇기 때문에 매년 3할을 칠 수 있는 타자가 많은 연봉을 받으며 스타 대접을 받는 거죠. 반대로 차지혁 선수 역시 현재 2경기 연속 퍼펙트를 기록하며 무실점으로 0점 대 평균자책점을 기록하고 있지만, 당장 다음 이닝에라도 1실점을 하게 된다면 0.32로 치솟게 되죠. 타자든 투수든 아차하는 순간 타율과 평균자책점이 높아져 버리니 4할의 타자와 0점 대의 평균자책점을 기록하는 투수가 거의 없는 이유가 바로 이거죠.

—LA 다저스의 공격이 끝났습니다. 오늘 콜로라도 로키스의 선발 투수인 아론 에저트 선수는 6회 말을 끝으로 4실점을 하고 결국 오늘 경기를 마감할 것 같습니다. 잠시 후에 LA 다저스의 7회 초 수비로 찾아뵙겠습니다.

＊　　　＊　　　＊

어느덧 7회다.

콜로라도 로키스의 선두 타자는 오늘 유일하게 나에게 안타를 뽑아내고 있는 존 킹슬리다.

1회에는 체인지업을 때려서 안타를 만들어냈고, 4회에는 컷 패스트볼이 정확하게 컨트롤되지 않으면서 3루수 키를 살짝 넘기는 빗맞은 안타로 출루했다.

존 킹슬리는 184㎝의 키에 약간은 통통한 체형을 가졌다.

체형과는 다르게 굉장히 유연했으며, 파워도 상당했다.

처음 존 킹슬리가 메이저리그에 등장했을 때만 하더라도 대다수의 사람들은 잘 성장한다 하더라도 파블로 산도발급을 넘지는 못할 거라고 예상했다.

막상 뚜껑을 열어보니 존 킹슬리는 파블로 산도발을 뛰어넘는 파워에 타격 능력을 갖추고 있었다.

아쉬운 부분이라면 수비였는데, 그렇다 하더라도 리그 평균 수준은 되었기에 콜로라도 로키스에서는 프랜차이즈 스타로 성장시켜 줬고, 그 보답을 확실하게 해주고 있는 중이다.

타석에 선 존 킹슬리의 표정엔 자신감이 넘쳤다.

그럴 만했다.

메이저리그 정식 경기에서 유일하게 나에게 안타를 뽑아내고 있는 타자가 존 킹슬리였으니까.

타자와 투수 간에는 천적이 존재한다.

흔한 말로 투수는 천적인 타자를 상대로 어떤 공을 던져도 안타를 맞고, 타자는 유독 한 투수의 공만큼은 제대로 치지 못하는 경우를 소위 천적 관계라고 부른다.

만약, 이번에도 존 킹슬리에게 안타를 맞는다면?

'확실한 천적 관계가 되겠지.'

무엇보다 존 킹슬리는 내가 던지는 공에 대한 두려움을 조금도 갖지 않게 된다.

그건 곧 내가 무슨 공을 던지든 칠 수 있다는 자신감을 갖는다는 소리다.

반대로 나는 주저하겠지.

어떤 공을 던져도 던지는 족족 쳐내는 존 킹슬리에 대한 껄끄러움과 동시에 두려움을 무의식적으로 갖게 될지도 모른다.

야구를 괜히 멘탈 스포츠라 부르는 게 아니다.

'확실하게 끊자.'

콜로라도 로키스는 LA 다저스와 같은 내셔널리그 서부 지구에 속한 구단이다.

매년 19경기를 치러야 하는 상대 팀이고, 항상 경쟁 관계에 놓인다.

그런 콜로라도 로키스에 천적을 둔다?

굉장히 위험한 일이고, 생각하기도 싫은 일이다.

토렌스가 초구로 바깥쪽 포심 패스트볼을 요구했다.

아무래도 신경이 쓰이는 듯싶다.

나를 상대로 행운의 안타가 포함됐다 하더라도 어쨌든 2타수 2안타를 만들어낸 타자니 토렌스 입장에서는 정면 승부가 껄끄러울 수밖에 없을 거다.

초구부터 도망가는 피칭을 한다는 건 내가 존 킹슬리를 두

려워하고 있다는 확실한 증거가 된다.

그건 존 킹슬리의 자신감을 더욱 상승시켜 주는 꼴이다.

곧바로 토렌스에게 다시 사인을 줬다.

내 사인을 받은 토렌스가 존 킹슬리를 바라보다 이내 고개를 끄덕였다.

와인드업을 하고 초구를 던졌다.

한가운데로 날아가는 빠른 공에 존 킹슬리는 입가에 미소를 지으며 벼락같이 배트를 휘둘렀다.

부웅!

퍼엉!

배트를 아슬아슬하게 비켜 지나가는 컷 패스트볼에 존 킹슬리가 피식 웃음을 터트렸다.

자그마치 97마일에 이르는 컷 패스트볼이다.

구속 자체만으로도 타자들에게는 핵무기급의 위력을 지녔으니 단순히 보는 것만으로 포심 패스트볼과 구분까지 한다는 건 사실상 불가능한 일.

결국은 포심 패스트볼이냐, 컷 패스트볼이냐 둘 중 하나의 확률을 놓고 도박을 거는 수밖에 없다.

이따금씩 한가운데 포심 패스트볼을 집어넣었던 내 투구 패턴에 존 킹슬리가 완벽하게 속았다.

두 번째 공은 포심 패스트볼로 간다.

97마일의 빠른 컷 패스트볼을 봤으니, 존 킹슬리의 머릿속에는 97마일 이상의 포심 패스트볼, 혹은 느리다 하더라도 95마일 이상의 포심 패스트볼을 생각할 수밖에 없다.

여기서 또 한 번 존 킹슬리의 허를 찌른다.

쇄애액.

다시 한 번 한가운데로 날아가는 공. 앞서 던졌던 97마일의 컷 패스트볼과 비교하면 너무 느린 공이다.

존 킹슬리는 생각할 것도 없다는 듯 힘차게 배트를 아래에서 위로 퍼올리는 스윙을 가져갔다.

부웅!

퍼엉!

크게 헛스윙을 하면서 한쪽 무릎을 땅에 닿을 정도로 자세까지 무너진 존 킹슬리는 믿을 수 없다는 듯 경악한 눈으로 토렌스의 미트를 바라보다 나에게로 시선을 옮겼다.

88마일의 포심 패스트볼이다.

당연히 80마일 후반의 공이라면 파워 커브나 체인지업을 예상했을 존 킹슬리로서는 지금 상황을 쉽게 받아들일 수가 없겠지.

남들에게는 강심장의 도박으로 보일지 모르지만, 나에게는 타자의 머릿속을 꿰고 던진 공이다.

토렌스로 인해 얻은 또 다른 피칭 스타일이고, 두 번째 퍼펙트게임 이후 포심 패스트볼의 구속을 최소한으로 늦추는 연습까지 했다.

그 결과가 바로 지금 나타난 거다.

물론, 지금은 굉장히 위험한 공이기도 했다.

만약 파워 커브나 체인지업을 예상하지 않고 정상적으로 스윙을 했다면 홈런까지도 생각해야 했을 정도로 한가운데의 공이었으니까.

어쨌든 두 번째 승부의 승자도 내가 됐다.

타임을 요청하고 타석에서 물러난 존 킹슬리는 장갑을 벗었다 끼며 나를 뚫어져라 노려봤다.

한 번도 아니고 두 번씩이나 허를 찔려 버렸으니 존 킹슬리 입장에서는 기분이 좋을 리가 없을 거다.

타석에 다시 들어선 존 킹슬리의 표정이 자못 비장했다.

여전히 자신감이 느껴지기는 했지만, 그것만으로는 부족하다는 듯 존 킹슬리는 두 번의 속임수를 확실하게 복수하겠다는 것처럼 느껴졌다.

4구는 없다.

3구에서 끝을 본다.

그리고 그 마지막 결정구는 다시 한 번 포심 패스트볼.

쇄애애애액.

부―웅!

퍼—어엉!

"타자 아웃!"

배트보다 먼저 포수 미트에 파고 들어간 공, 그리고 탄성과 환호성이 터지는 관중석.

전광판을 바라보니 101마일이 찍혀 있었다.

7회에 101마일의 포심 패스트볼을 던진다는 게 쉽지는 않지만, 존 킹슬리를 상대로 3구 삼진을 잡아냈으니 소모된 체력만큼 충분히 그 보상을 받은 셈이다.

고개를 절레절레 저으며 돌아서는 존 킹슬리를 향해 작게 중얼거렸다.

"아직 멀었어. 다음에 또 날 만나면 그때도 삼진을 줄 테니까."

존 킹슬리를 삼진으로 잡고 이어진 앤드류 멘델슨과 크리스토퍼 마틴까지 삼진과 유격수 뜬공으로 잡아내며 깔끔하게 삼자범퇴로 이닝을 마쳤다.

콜로라도 로키스의 가장 취약한 부분이 바로 투수력이다.

그럴 수밖에 없는 게 리그 정상급의 투수라 하더라도 콜로라도 로키스의 홈구장인 쿠어스 필드의 마운드에 서는 걸 주저하기 때문이다.

투수의 무덤이라 불리는 쿠어스 필드를 홈구장으로 택할 투수가 과연 얼마나 있을까?

많은 돈을 준다고 하더라도 투수 입장에서 성적 하락이 예상되는 콜로라도 로키스와의 계약은 피하고 싶을 수밖에 없다.

반대로 타자들은 쿠어스 필드를 사랑한다.

평범한 외야 뜬공이 심심찮게 홈런으로 바뀌기도 하니 이보다 더 반가운 구장은 없다.

그렇다 보니 콜로라도 로키스는 투수들은 기피하는 구단이 되었고, 타자들은 선호하는 구단이 됐다.

딱!

타구가 쭉쭉 뻗어나가더니 기어이 담장을 넘겨 버렸다.

묵묵하게 베이스를 도는 코리 시거의 모습에 홈 팬들은 박수와 함께 환호성을 내질렀다.

LA 다저스의 가장 큰 약점이 바로 중심 타선의 노쇠화다.

3번 타자 코리 시거와 5번 타자 미치 네이의 나이가 34살이고, 4번 타자 마이크 트라웃은 무려 37살이다.

콜로라도 로키스의 3, 4, 5번이 29, 31, 28살인 것과 비교하면 한참이나 평균 연령이 높았다.

아직까지는 큰 문제가 없다지만 과연 시즌 후반에도 문제가 없을까?

162경기를 치러야 하는 장기 페넌트 레이스에 체력은 필수다.

LA 다저스 중심 타자들의 나이는 언제 터져도 이상하지 않을 뇌관과 같았다.

"빨리 성장해야 할 텐데."

더그아웃 한쪽에 앉아서 경기를 관람하고 있는 형수의 모습에 나는 아쉬운 입맛을 다셨다.

2점을 더 보태며 승리의 향방은 90% 가까이 정해졌다.

8회 초에도 마운드에 올랐고, 존 킹슬리를 상대할 때처럼 투구 스타일에 변화를 주며 야수들의 도움으로 무난하게 3명의 타자만을 상대로 이닝을 마쳤다.

8회 말에는 타석에도 섰지만, 3루수 땅볼로 아웃이 되었고 오늘 경기의 마지막을 장식하기 위해서 9회 초 마운드에 올랐다.

선두 타자는 투수를 대신해서 대타가 나왔지만 4구만에 중견수 뜬공으로 아웃을 시켰다.

날이 바짝 선 한 자루의 칼처럼, 독이 잔뜩 오른 독사처럼 나를 향해 강렬한 적의를 드러내며 사토시 준이 타석에 들어섰다.

3타수 무안타 2삼진.

사토시 준에게는 치욕스러운 결과다.

하지만 아직 끝나지 않았다.

천적이 무엇인지 오늘 확실하게 보여줄 작정이니까.

사토시 준은 천재다.

이건 누구도 부정할 수 없는 명확한 사실이다.

재능적인 측면에서 본다면 확실히 나보다 사토시 준이 훨씬 우위에 있다.

태어나 첫돌이 지나면서부터 야구 선수로 키워진 나와 다르게 사토시 준은 초등학교 4학년 때 처음으로 야구를 시작했다고 한다.

나와 같은 나이라는 걸 생각하면 확실히 사토시 준은 일본에서 침이 마르도록 칭찬하는 야구 천재인 건 분명했다.

"지혁아, 이 세상에서 가장 위대한 재능이 무엇인지 아니? 그건 바로 인내란다. 인내를 가진 자만이 노력을 할 수 있고, 노력하는 자만이 타고난 천재를 앞지를 수 있는 거란다. 힘들어도 참을 수 있는 인내를 길러야 하고, 귀찮거나 지루해도 인내로 버텨야 한다. 세상 누구보다 인내심을 길러라. 인내는 곧 습관이 되고, 습관은 곧 너보다 월등한 재능을 가진 사람들조차 평범하게 만들어 버릴 거다."

인내, 습관, 노력.

어렸을 때부터 귀에 딱지가 앉을 정도로 아버지에게 들었던 말이다.

아버지는 결코 말로만 끝내는 사람이 아니었다.

내가 운동을 할 때면 항상 함께하셨고, 늘 앞장을 섰다.

피곤하고 힘들어도 절대 빠지지 않으셨다.

내가 타고난 가장 커다란 복은 인내하는 법을 솔선수범 보여주신 아버지일지도 모른다.

천재를 이길 수 있는 사람은 꾸준히 노력하는 사람뿐이다.

노력하는 천재를 이길 수 있는 방법도 그보다 더 노력하며 인내하는 사람뿐이다.

무식한 방법이지만, 가장 현명하고 정직한 방법이다.

사토시 준도 노력을 했겠지.

하지만 나보다 오랜 시간 해왔을 수는 없다.

재능에서는 나보다 위에 있다 인정해도, 노력에 있어서만큼은 그 누구보다 앞서고 있다고 자부하는 게 내 유일한 장점이다.

인내를 바탕으로 노력하고, 그 노력이 습관이 되어 끝내 타고난 천재적인 재능까지도 무너트리는 모습을 보여주고 싶다.

천재가 남들보다 월등히 뛰어난 건 사실이다.

하지만 노력하는 자는 누구든 성공한다는 절대 깨지지 않는 법칙을 알려주고 싶다.

앞선 세 번의 타석이 사토시 준에게 보내는 가벼운 잽이었다면, 이번에는 강력한 스트레이트다.

일어설 수 없을 정도로 강력한 스트레이트를 날릴 차례다.

토렌스와의 사인 교환은 없다.

이미 사전에 약속을 해뒀으니까.

잔뜩 독이 오른 사토시 준을 바라보며 천천히 와이드업을 했다.

타격 천재라 불리는 사토시 준의 약점을 철저하게 공략한다.

9회 초였기에 체력적인 피로감이 큰 상황이지만, 어차피 다음 이닝을 생각할 필요가 없으니 남아 있는 힘을 짜냈다.

'칠 수 있으면 쳐봐. 절대로 안타가 되는 일은 없을 테니까.'

포수 미트가 아닌 사토시 준을 바라보며 공을 던졌다.

쐐애애애액.

바람을 가르는 소리와 함께 미사일처럼 날아가는 포심 패스트볼을 향해 사토시 준의 배트가 벼락처럼 튀어나왔다.

따악!

배트를 밀어내며 포수 뒤쪽으로 날아가 버리는 파울 타구에 사토시 준의 눈썹이 일그러졌다.

미묘한 변화지만 그걸로 충분했다.

훌륭하다 평가를 받는 선구안, 리그 정상급의 배트 스피드와 컨트롤 능력을 갖춘 사토시 준에게 유일한 약점은 빈약한 파워다. 하지만 이 유일한 약점이 상대 투수에 따라서는 절대 극복할 수 없는 최악의 단점이 될 수밖에 없다.

구위로 누른다.

사토시 준과 같은 유형의 타자의 공략법은 지극히 단순했다.

무식할 정도로 구위로 찍어 누르면 된다.

초구에 느꼈을 거다.

방금 전 내가 던졌던 공의 구위가 이전과는 확실하게 다르다는 걸.

주심에게 새로운 공을 받아 나에게 던져 준 토렌스의 입이 마스크 뒤에서 웃고 있었다.

포수인 토렌스가 누구보다 잘 느꼈을 거다.

공을 건네받고 다시 피처 플레이트에 발을 올렸다.

두 번째 공도 포심 패스트볼이다.

던지고자 하는 코스에서 벗어나지만 않으면 사토시 준의 파워로는 절대 안타성 타구를 만들어낼 수가 없다.

행운이 따른다면 빗맞은 안타가 나올 수도 있겠지만, 그건 사토시 준의 의도가 아니니 결국은 그의 패배라 불러야 했다.

쐐애애애액.

딱—!

이번에도 배트가 밀려 버리며 타구가 포수 뒤쪽으로 날아
갔다.

타석에서 물러선 사토시 준은 장갑을 풀었다 조이곤 스윙
궤적을 체크했다.

일그러짐이 눈썹에서 눈 밑으로까지 전염되었다.

다시 타석에 들어선 사토시 준을 향해 3번째 공을 던졌다.

마찬가지로 또다시 포심 패스트볼이었고, 어김없이 타구
가 포수 뒤쪽으로 날아갔다.

겉으로 보기에는 사토시 준이 커트를 하거나, 타이밍이 살
짝 늦었다고 생각할 수도 있지만 전혀 아니다.

힘과 힘에서 완전히 밀려 버리면서 생긴 결과물일 뿐이다.

4번째 공도, 5번째 공도 계속해서 포심 패스트볼을 스트라
이크 존 안으로 찔러 넣었고, 사토시 준 역시 쉬지 않고 배트
를 휘둘렀지만 거짓말처럼 모든 공이 포수 뒤쪽으로 날아가
며 파울이 되고 있었다.

단 하나의 구종을 스트라이크 존 안으로 넣고 있는데도 안
타를 못 친다?

이쯤 되면 지켜보는 이들의 생각도 달라지게 마련이다.

무엇보다 일그러짐을 넘어 완전히 경직되어 있는 표정은
현재 사토시 준의 상태를 너무나도 노골적으로 알려주고 있

었다.

이런 상황에서 삼진을 잡는 건 생각보다 어렵지 않다.

당장에라도 다음 공으로 사토시 준에게서 삼진을 잡을 자신이 있었다.

'아직은… 아니지.'

넘어설 수 없다는 막연함을 줄 작정이다.

사토시 준에게 개인적인 원한이나 반일 감정을 가졌기에 하는 행동이 아니다.

철저하게 사냥꾼과 사냥감의 명백한 차이를 알려주고 싶을 뿐이다.

사토시 준이 아니라 다른 타자라 하더라도 마찬가지다.

앞으로 내가 확실하게 찍어 누를 수 있는 타자에게는 인정사정 봐주지 않을 작정이다.

메이저리그에서 LA 다저스가 속한 내셔널리그 소속 구단의 수만 15개의 구단이 있다.

그중 다저스를 제외하면 14개의 구단을 상대로 매년 투구를 해야 한다.

선발 로테이션에 따라 마주치지 않는 구단도 있겠지만, 기본적으로 14개의 구단을 상대로 최소 126명의 타자를 상대해야 한다.

여기에 아메리칸리그까지 더하면 무려 135명이 추가된다.

도합 261명의 각기 다른 타자와 상대해야 한다.

어디 그뿐인가, 후보 선수들까지 더하고 매년 마이너리그에서 올라오는 새로운 타자들까지 생각하면 확실하게 천적으로 만들 수 있는 타자는 어떻게든 그렇게 만들어 놓는 게 필요했다.

편하게 투구를 하겠다는 뜻이 아니다.

메이저리그 최고의 투수가 되기 위한 첫 걸음이다.

사토시 준은 그저 첫 번째 사냥감이 되었을 뿐이다.

딱!

8구째 이어진 파울 행진에 사토시 준의 표정은 뭐라고 표현하기 어려울 정도로 처참하게 변해 있었다.

2스트라이크 노볼.

무려 8개의 공을 던졌지만 카운트는 고작 2스트라이크밖에 되질 않았다.

슬슬 체력적인 부담이 느껴졌고, 이제 이 승부를 끝마칠 때가 되었다고 여겼다.

마지막 결정구도 마찬가지로 포심 패스트볼.

코스는 스트라이크 존 높은 곳으로 오늘 경기에서는 더 이상 빠른 공을 던질 수 없을 정도로 강력하고 빠른 공을 던졌다.

쐐애애애애액—!

부웅!

퍼—어엉!

"스윙! 타자 아웃!"

주심도 기나긴 승부에 지쳤는지 유독 목청을 높였다.

턱선을 타고 떨어지는 땀방울을 닦아내다 손가락 끝이 미미하게 떨리는 게 느껴졌다.

사토시 준을 상대로 내가 가진 구위를 모두 끌어내다 보니 확실히 체력 소모가 컸다.

전광판을 돌아보니 놀랍게도 102마일이 찍혀 있었다.

오늘 경기에서 최고의 집중력을 발휘한 결정구였다.

컨트롤이 살짝 벗어나며 바깥쪽으로 빠지기는 했지만, 사토시 준에게 치욕적인 삼진을 선사했으니 이걸로 충분히 만족스러웠다.

사토시 준이 삼진을 당하고 마지막으로 타석에 들어선 도미닉 리스는 3구만에 2루수 땅볼로 잡아내며 3경기 연속 완봉승을 거둘 수 있었다.

더불어 데뷔전 이후 31이닝 무실점 기록을 유지시킬 수 있었다.

*　　　　*　　　　*

"정말 멋지군."

TV 속에서 사토시 준을 무참하게 짓눌러 버리는 차지혁의 모습에 남자는 감탄을 터트리지 않을 수가 없었다.

"몇 년 사이에 저렇게까지 대단한 투수가 되다니."

과거를 회상하는 남자의 얼굴에는 그때의 아련한 추억이 떠오르는 듯 희미하게 웃음이 걸려 있었다.

당시에도 차지혁은 분명 최고의 선수가 될 자질을 충분히 갖고 있었다.

실력도 좋았지만, 질려 버릴 정도로 훈련을 습관화시킨 모습은 솔직히 경악스러웠다.

이미 중학교 시절부터 최고라 칭해졌던 만큼 충분히 나태해질 수도 있었음에도 차지혁은 전혀 그렇지 않았다.

그것이 남자에게는 대단히도 충격적이었고, 한편으로는 아쉬움이 들기도 했다.

"지금처럼 열심히만 했었다면……."

남자의 시선이 등 뒤로 돌아갔다.

멀지 않은 곳에서 한 사내가 미친 듯이 쉬질 않고 배트를 휘두르고 있었다.

그런데 한 번은 아주 빠르게, 한 번은 아주 느리게 배트를 휘두르는 모습이 좀 괴상하게 보였다.

남자는 사내의 모습을 바라보다 다시 TV로 시선을 돌렸다.

하이라이트 영상이 끝나고 어느새 차지혁은 금발의 아나운서와 인터뷰를 하고 있었다.

능숙하게 영어를 구사하며 인터뷰를 하고 있었지만, 마운드 위에서 보여줬던 것처럼 무덤덤하게 인터뷰를 하는 모습이 아쉽게 느껴지는 남자였다.

"그때나 지금이나 달라지지 않은 것도 있군."

남자가 피식 웃었다.

만약 차지혁이 조금만 더 밝은 성격이었다면 아마도 지금보다 훨씬 더 많은 팬들이 열광을 했을 거다.

"하긴, 실력 하나만으로도 이미 부족함이 없는데 뭘 더 바라겠어. 녀석, 정말 많이 컸구나."

인터뷰를 하던 중 동료 선수들이 커다란 통을 들고 와 뒤에서 차지혁의 머리 위로 푸르스름한 음료수를 잔뜩 쏟아 붓는 장면이 화면에 잡혔다.

무표정한 얼굴로 인터뷰를 하던 차지혁의 얼굴에 처음으로 웃음이 생겨났다.

음료수 세례를 피했던 아나운서가 곁으로 다가가며 내셔널리그 이달의 선수상이 거의 확실시된다며 축하의 인사를 건넸다.

"한국에서도 그렇게 압도적이더니 메이저리그도 네겐 작은 세계라는 거냐?"

남자가 TV속의 차지혁을 바라보며 희미하게 웃었다.

"차지혁. 웃을 수 있을 때 실컷 웃어둬라."

남자의 뒤로 뺨에 징그러운 흉터를 가진 사내가 다가와 TV를 바라보며 말했다.

무척이나 메마른 음성이었고, 사내의 눈빛은 굉장한 적의를 가지고 있었다.

뚫어질 듯 TV 속 차지혁을 노려보던 사내가 이윽고 입가를 비틀어 웃고는 등을 돌렸다.

"삼촌, 피칭하겠습니다."

Chapter 8

"차지혁 선수! 3월 내셔널리그 이달의 선수상을 수상하시게 된 것 축하드려요!"

정말 끈질긴 여자다.

벌써 며칠째 내 뒤를 졸졸 쫓아다니고 있었다.

집이면 집 앞에 차를 세워놓고, 구장이면 구장 밖에 차를 세워놓으며 대놓고 따라다녔다.

정말 저렇게까지 끈질긴 여자는 처음이었다.

그렇다고 딱히 귀찮게 구는 것도 아니니 뭐라고 할 수도 없었다.

그냥 없는 사람 취급을 하고 있기는 했지만, 확실히 거슬릴 수밖에 없었다.

"아무리 그러셔도 소용없습니다."

"알아요. 하지만 그래도 나 역시 어쩔 수가 없어요. 차지혁 선수에게 방송 허락을 받지 못하면 한국에는 돌아 올 생각도 하지 말라고 했거든요. 뭐, 이렇게 계속 개기다가 영 안 되겠다 싶으면 그냥 사표 쓸 생각으로 돌아가면 되니까 신경 쓰지 말아요."

아무렇지도 않게 사표를 쓰겠다는 말을 하다니.

여자가 남자보다 독하다는 말을 듣기는 했지만, 확실히 틀린 소리는 아닌 것 같았다.

고개를 좌우로 저으며 집으로 향하는 내게 황지연 PD가 의외의 부탁을 했다.

"급해서 그러는데 화장실 좀 써도 될까요?"

"……."

다른 부탁도 아니고 화장실이라니.

"정말 급하거든요."

"…들어오세요."

어쩔 수 없다는 듯 허락을 하자 황지연 PD가 고맙다는 듯 웃음을 지으며 나를 따라 집 안으로 발을 들여놓았다.

"화장실은 저쪽입니다."

손가락으로 화장실을 가리키자 그녀는 곧바로 화장실로 향했다.

화장실을 사용하고 나온 그녀가 한결 밝아진 표정으로 다가왔다.

"고마워요. 그런데 한 가지만 물어볼게요. 방송 출연을 왜 그렇게 피하는 거죠? 방송에 출연하면 지금보다 더 인지도도 쌓이고, 차지혁 선수에 대해 궁금해하는 팬들에게 좋은 서비스도 되잖아요? 팬들의 알권리 뭐 이런 고리타분한 말이 아니라, 순수한 호기심을 충족해 줄 수 있는 가장 좋은 수단이 방송이라고 생각하니까 하는 말이에요. 개인의 사생활 보호도 중요하지만 차지혁 선수 정도의 유명인이면 어느 정도 사생활 보호는 포기할 수밖에 없다고 생각하거든요."

"제가 반대로 묻겠습니다. 팬들이 정말 바라는 게 무엇이겠습니까? 제가 지금처럼 좋은 경기력을 유지하면서 좋은 투수로 성장하는 걸 원하겠습니까, 그저 호기심에 불과한 사생활을 원하겠습니까? 제가 유명한 운동선수인 건 맞지만, 그건 좋은 경기력을 꾸준히 보여줌으로써 팬들이 보내준 성원일 뿐입니다. 방송 출연 후에 성적이 떨어지면 그땐 많은 팬들이 방송에 출연하더니 겉멋만 들었다며 손가락질을 하며 비난할 것이 눈에 뻔히 보이는데 왜 제가 그런 일을 해야 합니까?"

"차지혁 선수의 말이 모두 맞아요. 그런데 나는 카메라 앞에서 웃고 떠들면서 시답잖은 이야기나 해달라고 하는 게 아니에요. 차지혁 선수의 하루 일과가 어떤지 그것만 보여 달라는 거예요. 팬들이 원하는 건 차지혁 선수가 몇 시에 일어나서 무엇을 하는지, 밥은 어떻게 먹는지, 훈련은 얼마나 하는지, 동료 선수들과는 얼마나 친한지, 경기 후에는 어떻게 지내는지 등 아주 사소하면서도 평범한 일상을 알고 싶을 뿐이죠. 그걸 두고 겉멋이 들었다며 욕하는 팬들은 애초부터 차지혁 선수의 약점만 찾으려고 혈안이 된 인간들이죠. 그런 인간들까지 모두 신경 써가며 살아가려면 정말 힘들지 않을까요?"

황지연 PD가 진절머리 난다는 듯 인상을 찌푸리며 고개를 저었다.

"차지혁 선수는 아무것도 하지 않아도 좋아요. 그냥 우리가 카메라를 들고 차지혁 선수의 일과를 딱 3일만 찍을 수 있게 해줘요. 그 외에는 절대 어떠한 부탁도 하지 않을게요."

손가락 세 개를 펼치며 부탁을 하는 황지연 PD의 모습에 나는 그럴 줄 알았다.

"볼일도 보셨으니 이제 그만 가주셨으면 합니다."

내 말에 황지연 PD는 피식 웃고는 알겠다며 순순히 현관문을 향해 걸어갔다.

"이건 다른 부탁인데, 지금처럼 급할 때는 화장실을 좀 쓰면 안 될까요?"

"…안 됩니다."

"너무 매정하시네."

황지연 PD가 너무한다는 듯 날 쏘아보고는 현관문을 열고 나갔다.

안 된다고 말을 하긴 했지만, 과연 매몰차게 거절할 수 있을까?

황지연 PD라면 왠지 화장실을 핑계로 자주 귀찮게 굴 것 같은 불안감이 들었다.

*　　　*　　　*

"푸하하하하하! 지혁아! 이것 좀 봐!"

형수가 태블릿PC를 내 쪽으로 내밀었다.

시선을 돌려서 바라보니 고개를 푹 숙이고 있는 사토시 준의 사진과 마운드 위에 위풍당당하게 서 있는 내 사진이 실린 기사였다.

기사 내용은 상당히 자극적이었다.

시범 경기를 통해 천적으로 등극했던 사토시 준이 정식 경기에서는 4타수 무안타, 3삼진이라는 처참한 성적표를 받아들며 첫 번째 대결에서 참패를 했다는 내용이 주요 골자였는데, 기사의 단어 선택이 굉장히 노골적이었다.

사토시 준 본인이나 그의 팬들이 본다면 무척이나 기분이
나쁠 정도였다.

"일본이 낳은 역대 최고의 천재 타자 사토시 준! 한국이 낳
은 역대 최고의 투수 차지혁에게 참패! 크아~ 제목부터 마음
에 쏙 든다! 안 그러냐? 시범 경기 때 그렇게 가루가 되도록
빨고, 경기가 시작되기 직전까지도 천적이니 어쩌니 하면서
사토시 준의 압승을 확신하던 일본 언론도 지금은 궁색한 변
명이나 늘어놓으면서 복수가 어쩌고저쩌고 지껄이는데 웃기
지도 않더라. 보여 줄까?"

형수는 꽤나 신났다는 듯 태블릿PC로 다른 기사들, 특히
일본 언론 쪽 기사들을 찾아서 곧바로 번역 기능으로 언어를
변환시켜 보여줬다.

"됐어."

"왜? 봐봐. 재밌는데?"

"너 지금 사토시 준 기사 찾아볼 때가 아니잖아?"

사토시 준이 나를 상대로 완전히 망신을 당했다 하더라도
그는 아직까지도 4할 타자고, 5할의 출루율을 자랑하는 콜로
라도 로키스의 1번 타자다.

반대로 형수는 고작 3경기밖에 출전을 하지 못한 백업 포
수다.

그것도 상위 선발 투수가 아닌 하위 선발 투수의 공을 잡아 주고 있었다.

타율과 장타력이 나쁘지는 않았지만, 냉정하게 따져서 올 시즌은 물론이고 길게 본다면 3시즌까지도 토렌스의 자리를 넘보기엔 턱없이 부족했다.

사토시 준의 기사나 찾아보면서 웃고 있을 때가 아니란 소리다.

"알았다, 알았어."

태블릿pc를 한쪽에 던져놓으며 형수가 몸을 일으켰다.

선발 등판 다음 날에는 게레로 감독의 배려로 인해 무조건적인 휴식을 명령받았다.

원정경기라면 모를까, 홈경기에서는 다저 스타디움에 올 필요도 없다는 말을 들었다.

나로서는 고마운 배려다.

그렇다고 나만을 위한 특별한 배려도 아니다.

실제로 일부 선발 투수들 또한 나처럼 완전한 휴식을 보장받고 있었으니까.

하지만 휴식을 보장받았다고 무조건 쉬고 있을 순 없다.

최소한의 운동으로 몸 상태를 꾸준히 이어나갈 필요가 있었다.

그렇기에 선발 등판한 다음 날에는 러닝과 스트레칭에 특히 신경을 썼다.

처음 미국 생활을 시작했을 때만 하더라도 야외 러닝을 꾸준히 했었다.

하지만 데뷔전 퍼펙트게임을 달성하고 나서는 어쩔 수 없이 개인 훈련장 지하에 마련되어 있는 러닝 머신을 이용해야만 했다.

기계 위에서 뛰는 게 마음에 들지는 않았지만, 밖을 나가면 제대로 된 러닝을 하기가 쉽지 않았기에 선택의 여지가 없었다.

투수에게 가장 중요한 훈련은 누가 뭐라 하더라도 체력 훈련이다.

기술적인 훈련 즉, 투구를 반복하는 건 한계가 있고 무리할 경우 부상으로 이어질 가능성이 컸기에 투수에게 있어 훈련의 70% 이상은 체력 훈련이라고 봐도 무방하다.

형수와 함께 지루할 정도로 꼼꼼하게 스트레칭을 끝냈다.

처음에는 온몸이 비명을 질러댄다면서 온갖 인상을 찌푸리던 형수도 이제는 완벽하게 적응을 끝냈는지 오히려 스트레칭을 해야 온몸이 풀린다며 개운해했다.

"그럼 쉬어라. 난 연습하러 간다."

스트레칭을 마친 형수가 커다란 백팩을 등에 메고 다저 스타디움으로 향했다.

내가 투구를 할 수 있다면 모를까, 그렇지 못한 날에는 어쩔 수 없이 형수는 다저 스타디움의 선수 훈련장으로 향해야만 했다.

뿐만 아니라 스윙 연습이 아닌 제대로 된 타격 연습을 하기 위해서도 코치나 훈련 보조 요원들의 도움을 받아야 했기에 집에 딸려 있는 개인 훈련장보다는 구단 훈련장이 훨씬 편했고, 능률도 높았다.

러닝 머신 위에 올라가 뛰기 시작했다.

무슨 일이 있어도 하루에 2시간의 러닝은 반드시 지키고 있었다.

러닝 머신을 이용하기로 마음을 먹은 이후 벽면에 TV도 설치를 해놨다.

그냥 뛰는 것보다는 TV를 보는 편이 훨씬 좋다는 형수의 말 때문이었다.

실제로 TV를 설치해 놓고 나니 내 투구 영상을 보거나 다른 투수나 타자들의 영상 자료를 볼 수 있어 꽤나 유용하게 써먹고 있었다.

미리 준비해 둔 영상 자료가 TV에서 재생됐다.

20대 후반의 투수가 마운드에서 공을 던지고 있었다.

푸른 눈을 가진 미국인으로 어디서나 쉽게 흔히 볼 수 있는 외모의 투수였지만, 그가 던지는 공은 결코 흔하지 않았다.

데이비드 블록. 토론토 블루제이스의 선발 투수로 현역 메이저리그 투수들 가운데 가장 훌륭한 투심 패스트볼을 던지는 투수다.

평균 93마일의 데이비드 블록의 투심 패스트볼은 무브먼트가 무척이나 현란했다.

오죽했으면 타자들 사이에서는 마구라 불릴 정도였다.

체인지업과 동시에 투심 패스트볼을 익혔던 나는 현재 투심 패스트볼의 컨트롤이 막바지에 이르러 있었다.

빠르면 보름, 늦어도 2달 안으로는 실전에서 써먹을 수 있을 정도로까지 내가 원하는 수준에 이른 상태였다.

현재 내가 던지는 구종들 중 우타자 바깥쪽, 좌타자 몸 쪽으로 휘어지는 공이 없다.

컷 패스트볼은 우타자 몸 쪽, 좌타자 바깥쪽으로 휘어졌고, 서클 체인지업도 다른 투수들과는 다르게 우측으로 살짝 휘어지며 떨어졌다.

그렇기 때문에 투심 패스트볼은 반드시 필요한 구종이었다.

더욱이 패스트볼 계열이었기에 포심 패스트볼, 컷 패스트볼과 함께 아주 환상적인 짝꿍이 될 수밖에 없었다.

"진짜 마구라고 할 만하네."

타자 앞에서 엄청나게 휘어지며 헛스윙을 만들어 버리는 데이비드 블록의 투심 패스트볼에 절로 감탄사가 터져 나왔다.

방금 영상 자료 속에서 데이비드 블록이 던진 투심 패스트볼의 무브먼트와 내가 던지는 투심 패스트볼을 비교해 보니 절로 고개가 저어졌다.

현역 최고라 불리는 데이비드 블록의 투심 패스트볼은 내가 보기엔 역대 최고 중 하나라 불러도 손색이 없어 보였다.

무브먼트는 데이비드 블록을 따라갈 수 없어도 구속에서는 내가 위다.

대신 제구력은 비슷비슷했다.

주무기인 만큼 데이비드 블록은 투심 패스트볼의 컨트롤만큼은 확실하게 잡아 놓고 있었다.

솔직히 투심 패스트볼을 제외하면 이렇다 할 것 없는 투수가 데이비드 블록이기도 했다.

쉬지 않고 러닝 머신에서 뛰면서 데이비드 블록부터 시작해서 몇몇 선수들의 영상 자료를 지켜보니 2시간이 지나 버렸다.

체력적으로는 문제가 없었지만, 굳이 더 뛸 필요가 없었기에 러닝 머신을 종료시키며 TV도 껐다.

헬스 기구들을 이용해서 어깨 근육 운동을 시작으로 간단하게 운동을 마치고 난 후에 한쪽에 마련되어 있는 샤워실에서 깨끗하게 몸을 씻고 수영장으로 들어갔다.

러닝과 마찬가지로 수영 역시 무척이나 도움이 되는 운동이었기에 개인 훈련장에 수영장이 있다는 게 가장 마음에 들었다.

적당히 수영을 하고 밖으로 나오자 어느덧 점심시간이었다.

"뭘 먹나……."

미국에서 내가 가장 고민하는 부분이 바로 식사다.

한국이었다면 어머니가 알아서 몸에도 좋고, 영양도 신경을 쓴 집 밥을 거하게 차려주셨겠지만, 미국에서는 그런 호화스러움을 누릴 수가 없었다.

그나마 영양에 신경을 쓴다고 각종 몸에 좋다는 음식으로 냉장고를 꽉꽉 채워놓고 있었지만, 문제는 조리를 할 시간이나 그럴 실력이 너무 부족하다는 사실이다.

"가정부를 고용해야 하나?"

미국 생활을 시작하면서 황병익 대표가 몇 번이나 권했던 일이다.

남자 둘이서 얼마나 밥을 잘 해먹겠냐며 가정부를 고용해서 식사와 집안 살림을 담당하게 하라는 제의가 있었지만, 해보지도 않고 남의 손을 빌리는 건 아니란 생각에 지금까지 버텼다.

요즘 들어 그 생각이 조금씩 흔들리고 있었다.

잘할 자신 있다고 큰소리를 쳤던 형수도 요즘은 개인 훈련 때문에 시간적, 체력적으로 힘들었고 그건 나 역시도 마찬가지였다.

냉장고 문을 열어 뭘 먹어야 하나 고민하다 이윽고 냉동시켜 놓은 사골국을 해동시키기로 했다.

한국에서 어머니가 직접 정성스럽게 끓인 사골국이었지만, 냉동을 시켜놨다 먹으니 확실히 맛이 덜했다.

간단하게 점심을 해결하고 싱크대에 쌓여 있는 설거지 거리를 쳐다보니 나도 모르게 한숨이 나왔다.

"안 되겠다."

운동선수는 일찍 결혼해서 아내의 내조를 받는 게 최고라고 한다.

그렇다고 21살, 미국 나이로는 19살밖에 되지 않았는데 벌써 결혼을 하기도 그렇고, 그럴 여자도 없는 내가 선택할 수 있는 방법은 외부인의 도움을 받는 것뿐이다.

핸드폰을 들고 익숙한 전화번호에 통화 버튼을 누르자 얼마 지나지 않아서 상대방의 목소리가 들렸다.

―예, 차지혁 선수. 무슨 일 있으십니까?

"저번에 말씀하셨던 가정부 좀 구해주세요."

내 말에 황병익 대표가 크게 웃었다.

결국은 그렇게 될 줄 알았다는 황병익 대표는 당장 사람을 알아보겠다고 했다.

손목과 손가락 강화 운동을 하던 중 황병익 대표에게 다시 전화가 왔다.

"예."

─2시간 내로 도착한다고 합니다. 특별히 음식 솜씨 좋은 가정부로 고용했습니다. 혹시라도 음식이 마음에 들지 않는다면 바로 교체하도록 하겠습니다.

정말 빠른 일처리에 고맙다고 인사를 하고는 마저 운동을 하고 잠시 소파에 앉아 쉬는 동안 초인종이 울렸다.

"누구십니까?"

"가정부를 고용하셨다고 들었습니다."

"아, 네."

현관문을 열자 30대 초반 정도로 보이는 평범한 인상의 한국 여자가 긴장한 얼굴로 서 있었다.

한국인을 고용했을 거라고 예상했기에 놀랍지는 않았지만, 생각보다 젊은 나이가 살짝 거부감이 들었다.

"차지혁 선수?"

그녀가 먼저 날 알아보고는 눈을 동그랗게 떴다.

"예. 우선 들어오세요."

"네."

집으로 들어와 소파에 앉아서 기본적인 이야기를 나눴다.

"솔직히 너무 젊은 분이 오셔서 놀랐습니다. 저는 어느 정도 나이가 있는 분으로 생각을 했었습니다."

"그러셨군요."

실망한 빛이 역력한 그녀의 모습에 재빨리 말을 이었다.

"그렇다고 여기까지 수고스럽게 오셨는데 그냥 돌아가시라고 하는 것도 좀 그렇고… 우선은 음식 솜씨를 보고 결정을 내리겠습니다. 솔직하게 말씀드려 이 집에 저랑 제 친구 둘이 사는데, 먹는 문제 때문에 항상 고민이라서 가정부를 고용하게 된 겁니다. 그러니 음식이 입맛에 맞질 않으면 죄송하지만 다음부터는 오실 이유가 없습니다. 괜찮으시죠?"

"네. 괜찮습니다."

고개를 끄덕이며 그녀가 몸을 일으켰다.

"저녁까지는 아직 시간이 남아 있으니 우선 청소부터 좀 하겠습니다."

"예? 청소는 하지 않으셔도 됩니다. 더럽지도 않고 하니까……."

"처음부터 집안일 전체를 맡아서 관리하기로 하고 온 거니까 당연히 제가 해야 할 일입니다. 그리고 집 곳곳에 먼지가 잔뜩 있는 게 눈에 보이니까 청소 좀 해야겠습니다. 청소 도구가 어디에 있는지, 그리고 주의해야 할 점만 알려주시면 됩니다."

내 눈에는 그렇게 더럽게 느껴지지 않았던 집이었지만, 그녀가 움직이기 시작하자 곳곳에서 쓰레기와 먼지들이 속출했다.

남자 둘이 사는 집 치고 이 정도는 충분히 깨끗하다고 자부를 했던 내가 부끄러울 지경이었다.

흔하게 볼 수 있는 평범한 체구에 평범한 얼굴의 그녀는 능숙하게 청소를 끝내놓고는 저녁을 준비하기 시작했다.

먹고 싶은 음식이 있냐고 물어보면서 마치 거의 모든 음식을 다 할 줄 안다는 듯한 자신 있는 태도가 은근히 기대를 갖게 만들었다.

마땅히 집 안에 있어봐야 도움이 될 일도 없고, 가만히 지켜보자니 그것도 영 이상한 것 같아서 개인 훈련장으로 향했다.

쉐도우 피칭을 하면서 간단하게 땀을 흘리고 집으로 돌아가다 훈련장 지하로 발걸음을 옮겼다.

아무래도 낯선 여자가 있는 집에서 샤워를 하기가 그랬다.

샤워를 하고 집으로 들어가니 어느새 식탁에는 푸짐하게 저녁이 차려져 있었다.

'냄새가… 좋네.'

그리웠던 냄새가 났다.

어머니의 음식 냄새가 느껴졌다.

"냉장고에 있는 재료로 만들었습니다. 입맛에 맞을지 모르겠습니다."

말을 하는 그녀의 모습이 꽤나 초조해 보였다.

아무리 음식을 잘 만든다 하더라도 사람 입맛이라는 게 지극히 주관적인 부분이라 먹는 사람이 맛없다고 하면 만든 사람 입장에서는 할 말이 없었다.

식탁에 앉아서 김이 모락모락 올라오는 된장찌개부터 맛을 봤다.

맛있다.

더 이상의 말과 생각은 필요하지 않았다.

"맛있습니다. 솜씨가 무척 좋으시네요."

"입맛에 맞으시다니 다행입니다."

환하게 웃는 그녀의 모습에 나도 기분 좋게 웃었다.

오랜만에 맛있는 집 밥을 먹고 나니 기분이 무척이나 좋았다.

더불어 피로도 싹 풀리는 것 같았다.

설거지까지 깨끗하게 해놓고 그녀가 시계를 바라보더니 내게 조심스럽게 말을 했다.

"이제 할 일도 다 했으니까 가볼까 합니다."

"아, 예. 오늘 정말 수고 많으셨습니다. 8일 날 다시 오시면 됩니다."

"내일이 아니고요?"

"원정 경기가 있어서 굳이 오실 필요가 없습니다."

"아… 네."

뭔가 아쉬운 듯한 그녀의 모습이 의문을 만들어냈다.

그러다 문득 돈 문제가 아닐까 싶어 조심스럽게 물었다.

"혹시 돈 때문에 그러시는 겁니까?"

"예? 아, 아니 뭐… 그럼 8일 날 다시 오겠습니다. 편히 쉬
세요."

재빨리 등을 돌려 현관 밖으로 뛰어가는 그녀의 뒷모습을
바라보다 문을 닫았다.

*   *   *

4월 2일, 3일, 4일은 굉장히 중요한 원정 경기가 잡혀 있었
다.

다른 누구도 아닌 LA 다저스의 가장 강력한 라이벌이라 할
수 있는 샌프란시스코 자이언츠.

다저스의 가장 오랜된 라이벌 구단인 샌프란시스코 자이
언츠와의 악연은 너무 많아서 일일이 거론하기도 힘들다.

중요한 건 두 팀 모두 상대 팀을 만났을 때에는 반드시 승

리해야 한다는 기운이 팽배하다는 점이다.

"샌프란시스코 원정에 척이 등판했어야 했는데! 정말 아쉽단 말이야!"

빅터 페르난도가 내 옆에 바짝 붙어 앉아 있었다.

올 시즌 메이저리그에서 처음으로 시즌을 시작한 빅터 페르난도는 불펜 투수로서 꽤 괜찮은 모습을 보여주고 있는 중이었다.

이런 모습을 꾸준히 보여주기만 한다면 다저스의 불펜 투수로 시즌을 마감할 수도 있겠지만, 과연 가능할까?

"그리핀도 좋은 투수잖아. 충분히 기대를 해볼 만해."

다저스의 3선발 투수인 포스터 그리핀은 앞서 등판했던 2경기에서 타선의 도움을 받지 못해 승리를 챙기진 못했어도 나름 3선발 투수로서의 실력은 확실하게 보여줬다.

"그리핀의 실력이야 의심할 이유가 없지. 하지만 척도 알다시피 그리핀은 앞에 있었던 2경기에서 잘 던지고도 승리를 챙기지 못했고, 거기에 2일 전까지만 하더라도 감기에 걸려서 컨디션이 완전 엉망이었다고. 뭔가 이번 시즌 초에는 운이 따라주질 않는 것 같단 말이야. 거기에다 오늘 상대해야 하는 샌프란시스코는 작년 시즌 그리핀에겐 잊고 싶은 팀이기도 하고."

7이닝 2실점, 6이닝 1실점.

좋은 투구를 했음에도 그리핀은 타선의 도움을 받지 못해 승리를 챙기지 못했고, 그제까지만 하더라도 등판 일정을 미뤄야 한다는 말이 나왔을 정도로 감기로 컨디션이 바닥까지 떨어졌었던 포스터 그리핀이었다.

감기 기운은 거의 가셨지만, 꾸준하게 컨디션 조절을 하지 못했다.

거기에 빅터 페르난도의 말처럼 그리핀에게 샌프란시스코 자이언츠는 작년 시즌 지우고 싶을 정도로 참담한 성적표를 남긴 팀이었다.

그럼에도 불구하고 그리핀이 선발로 등판을 하게 된 이유는 그를 대신해서 마운드에 오를 투수가 마땅히 없었기 때문이다.

4선발 투수인 나단 코스코는 러닝 도중 발목이 살짝 꺾이면서 내일 등판까지도 미룬 상황이고, 5선발 투수인 앤디 클레먼트는 앞선 2경기에서 좋지 못한 모습을 계속 보여줬기에 믿음직스럽지가 못했다.

상황이 이렇다 보니 그리핀으로서도 컨디션이 좋지 않았지만 등판을 할 수밖에 없었다.

'그래도 3패는 좀 심했지.'

승리는 없고, 3패만 있다.

평균자책점도 5점을 훌쩍 넘어갈 정도로 참혹했다.

말 그대로 샌프란시스코 자이언츠에게 그리핀은 무참하게 얻어맞으며 실점을 했다.

작년의 일이라고 하지만 과연 쉽게 극복할 수 있을까?

컨디션이 베스트라면 모를까, 좋지 않은 상황에서 기어이 선발 등판을 한 그리핀에게 오늘 경기는 어쩌면 작년의 악몽을 다시 되돌리느냐, 극복하느냐의 중요한 시작점이라 할 만했다.

'앞선 경기들처럼만 해주면 되는데.'

이런 내 바람은 3회를 넘기지 못했다.

2.1이닝 5실점.

그리핀은 강판을 당하고 말았다.

7개의 아웃 카운트를 잡는데 무려 67구를 던졌다.

문제는 연속으로 안타를 맞으면서 더 이상 마운드의 붕괴를, 그리핀의 자신감을 떨어트릴 수 없다 판단한 게레로 감독이 과감하게 투수를 교체해 버렸다.

선발 투수가 3이닝도 견디지 못하고 마운드를 내려오면 그 기분은 어떨까?

말로 표현하기 힘들 정도로 비참하고 끔찍하다.

겪어보진 못했어도 충분히 짐작은 할 수 있다.

생각하는 것 자체만으로도 충분하니까.

더그아웃으로 돌아온 그리핀은 그대로 클럽 하우스로 향

했다.

이후 경기를 지켜볼 수 없다는 듯 그렇게 아무런 말도 없이 딱딱하게 굳은 표정으로 더그아웃을 빠져나갔다.

그렇게 그리핀이 내려온 마운드에 올라선 건 경기 직전까지 줄곧 내 곁에 앉아서 쉬질 않고 떠들어대던 빅터 페르난도였다.

180㎝가 조금 못되는 투수로서는 굉장히 작은 키의 빅터 페르난도는 우완 투수로 작은 키임에도 불구하고 굉장히 빠른 공을 던질 줄 알았다.

포심 패스트볼의 구속이 최대 97마일까지 나올 정도였으니 놀랍다는 말이 절로 나왔다.

원하는 코스로 컨트롤을 할 수 있을 정도로 제구력도 나쁘지 않았다.

그런데 왜 마이너리그 생활을 했을까?

가장 결정적인 문제가 있었다.

97마일까지 나오는 빠른 패스트볼을 던질 줄 알아도 타자가 예상을 한다면?

딱!

타구가 총알처럼 1루수와 2루수 사이를 꿰뚫고 우익수에게 이어졌다.

'버릇이 너무 심해.'

빅터 페르난도의 가장 큰 문제점은 바로 패스트볼과 변화구를 구분하게끔 타자에게 알려준다는 사실이다.

간단하게 패스트볼을 던질 때의 투구폼과 변화구를 던질 때의 투구폼이 확연하게 달랐다.

더 보태서 변화구의 위력도 메이저리그 수준급이라고 부르기 힘들었다.

뻔히 보이는 패스트볼과 변화구, 이것만 하더라도 메이저리그 타자들에게 잘 차려진 밥상인데 변화구의 위력마저 위협적이지 못하니 빅터 페르난도의 마이너리그 생활은 당연하다 할 수밖에 없었다.

그렇기에 시즌 초, 빅터 페르난도가 보여주는 불펜에서의 활약을 끝까지 기대하는 사람은 거의 없었다.

그 점을 알기에 빅터 페르난도도 부단히 투구폼을 교정하기 위해 노력하고 있었지만, 투구폼이라는 게 어디 쉽게 고쳐지는 문제여야지.

손쉽게 교정이 가능하다면 지금보다 투수들의 질적, 양적 팽창은 몇 배나 더 증가할 거다.

'패스트볼의 구속을 포기한다면 어쩌면…….'

내가 본 빅터 페르난도의 해결책은 현재 가지고 있는 최고의 장점이라 부를 수 있는 빠른 포심 패스트볼을 포기하는 거였다.

작은 체구에서 무리하게 구속을 끌어올리려다 보니 변화구를 던질 때와 투구폼이 달라질 수밖에 없다는 게 내 개인적인 생각이었다.

하지만 97마일의 포심 패스트볼을 자신의 유일한 자랑거리로 여기고 있는 빅터 페르난도가 쉽게 포기할 리가 만무했다.

딱.

타구가 높이 뜨며 중견수 던컨 카레라스의 글러브에 잡히면서 3회가 끝났다.

용케도 실점을 피한 빅터 페르난도가 밝게 웃으며 더그아웃으로 들어왔다.

경기는 빠르게 진행됐다.

3회가 끝나기도 전에 5점이나 득점에 성공한 샌프란시스코 자이언츠는 탄탄하게 마운드를 가져가며 다저스 타선을 붙들고 늘어졌다.

결국, 경기 최종 스코어는 2 : 7로 5점 차 다저스의 패배.

그 과정에서 빅터 페르난도는 4이닝까지 마운드를 지켜내며 롱 릴리프로서의 가능성을 보여줬다. 비록 2실점을 하기는 했지만 빅터 페르난도의 체력이 충분히 선발 투수로의 전환도 가능하다는 걸 알려주는 경기가 됐다.

하지만 전체적으로 2027년 LA 다저스의 라이벌 구단인 샌프란시스코 자이언츠와의 첫 대결은 여러 가지로 좋지 못한 채 끝이 났다.

3선발 투수 포스터 그리핀은 작년에 이어 올해도 샌프란시스코 자이언츠에 대한 정신적 타격이 컸고, 지구 우승을 위해서는 반드시 꺾어야 하는 라이벌에게 첫 경기부터 패배를 했기에 거기에서 오는 부담감도 적지 않았다.

무엇보다…….

"내일 경기도 쉽지 않을 텐데."

4선발 투수인 나단 코스코가 등판을 할 수 없는 상황에서 오늘의 경기를 설욕할 만한 투수가 없다는 점이 가장 큰 문제였다.

아니, 내일뿐만이 아니다.

그 다음 날 역시도 마찬가지였다.

어쩌면.

"스윕을 당할지도 모르겠네."

"뭘 그렇게 혼자 중얼거리는 거야?"

곁에서 나란히 걷던 형수가 날 이상하게 쳐다봤다.

"샌프란시스코 이번 원정 경기가 쉽지 않겠다고."

"그렇지? 내가 생각해도 내일 경기도 그렇고, 그 다음 경기도 쉽지 않을 것 같다. 어쩌면 3연패를 당한 상태로 샌디에이고 원정 경기를 시작해야 할지도 몰라."

나만 그렇게 생각하는 게 아니었다.

무엇보다 형수의 말대로 샌프란시스코 자이언츠에게 3연패를 당한다면, 곧바로 치러지는 샌디에이고 파드리스 원정 첫 번째 경기 선발 투수는 나였다.

팀의 연패를 끊어야 한다는 부담을 짊어질 수밖에 없다.

무엇보다 현재 필 맥카프리가 빠진 에이스 자리를 차지하고 있는 나였기에 나마저 좋지 못한 성적을 거둔다면, 그때는 다저스의 성적이 곤두박질을 칠 가능성이 굉장히 높았다.

Chapter 9

"하아~ 결국은 3연패, 스윕을 당하고 말았네. 젠장!"

형수가 가방을 정리하며 고개를 절레절레 저었다.

샌프란시스코 자이언츠에게 1차전부터 내리 3연패를 당하고 말았다.

덕분에 서부 지구 1위 자리를 뺏기고 말았다.

시즌 초반이었기에 순위에 큰 의미를 둘 필요는 없었지만, 상대가 샌프란시스코 자이언츠라는 점이 문제다.

항상 선두 경쟁을 해왔던 상대 팀이었기에 시즌 초반이라 하더라도 3연패를 당한 건 데미지가 결코 작지 않았다.

"그렇지 않아도 3경기 연속 완봉승과 31이닝 연속 무실점 기록에 대한 부담이 적지 않을 텐데, 팀의 연패까지 끊어야 한다니… 너도 참 기구한 팔자다. 흐흐흐!"

형수의 말에 대수롭지 않다는 듯 대꾸했다.

"어차피 그게 그거지 뭐."

3경기 연속 완봉승, 31이닝 연속 무실점, 팀의 연패 탈출.

하나하나 거창한 것 같아도 결국은 하나의 길로 이어져 있다.

완봉승.

내일 있을 샌디에이고와의 경기에서 완봉승을 거두면 연속 경기 완봉승 기록, 데뷔 후 연속 이닝 무실점 기록, 팀의 연패 탈출 모두 달성이 가능하다.

하지만 완봉승이 어디 말처럼 쉬운 일인가?

시즌 내내 선발 로테이션을 소화한 선발 투수들 중에서도 완봉승을 하지 못하는 투수를 심심찮게 볼 수 있다.

그만큼 어려운 승리가 완봉승이다.

처음부터 완봉승을 생각하고 마운드에 오르면 결코 완봉 승을 거둘 수 없다.

복잡하게 생각할 것 없다.

기록에 연연할 필요도 없고, 그래서도 안 된다.

승리를 위해서 최선을 다해 공을 던지면 된다.

"아, 맥카프리 복귀한다고 하더라."

"그래? 더 이상 통증은 없나 보네."

"그런가 봐. 지혁이 너도 알지? 보이더 앨런 그 자식이 며칠 전부터 깐죽거렸던 거."

"그랬던가?"

"하긴, 아무리 철없이 날뛰는 병신새끼라 하더라도 지혁이 널 상대로 깐죽거릴 리가 없지."

형수의 말에 피식 웃고 말았다.

"보이더 앨런 그 자식이 며칠 전부터 은근히 내 앞에서 깐죽거리더라고. 공도 뭣같이 던지는 새끼가 미트질이 어떻다며 은근히 사람 짓뭉개는데 정말 이빨을 다 털어버리고 싶더라. 병신 새끼가 지가 맥카프리야? 어제 1이닝 동안 3점이나 털린 주제에 누구한테 지적질을 하는 건지. 참."

생각보다 쌓인 게 많은 듯, 형수가 얼굴이 벌겋게 변할 정도로 언성을 높였다.

"그런 놈들 일일이 상대할 필요도 없어. 넌 네가 할 일만 잘하면 돼. 혹시 알아? 나중에는 네가 주전 포수가 돼서 보이더 앨런을 쥐 잡을 듯 잡게 될지."

"그러네! 충분히 가능성 있는 말이야! 보이더 앨런 그 병신 같은 놈 때문이라도 내가 하루 빨리 주전 포수가 되고 만다!"

이상한 부분에서 의욕을 불태우는 형수였다.

그것보다도 필 맥카프리의 복귀가 지금 상황에서는 꽤 반갑게 느껴졌다.

개인적인 감정은 딱히 좋지 않았지만, 다저스 팀의 입장을 생각했을 때 승률 높은 필 맥카프리의 복귀는 구단, 선수, 팬 모두 환영할 일임에는 분명했다.

"그런데 지혁이 넌 아무렇지도 않냐?"

"뭐가?"

"맥카프리가 복귀하면 분명 지가 에이스 행세를 할 텐데, 솔직히 내가 너라면 기분이 딱히 좋을 것 같지가 않아서 말이야. 물론, 맥카프리가 에이스인 건 맞지만 그래도 올 시즌 지금까지의 성적만 놓고 본다면 넌 메이저리그 양대 리그 최고의 투수잖아. 그런 네 앞에서 맥카프리가 에이스라고 거들먹거리면 좀 그렇지 않겠어?"

"별게 다 신경 쓰이네. 필 맥카프리가 다저스 에이스라는 걸 모르는 사람이 있어? 내가 지금 잘 던졌다고 하더라도 필 맥카프리가 에이스 투수라는 건 구단부터 시작해서 팬들까지 모두 다 아는 당연한 사실인데, 그걸로 내가 왜 감정싸움을 해? 그럴 필요도 없고, 그리고 싶지도 않고, 관심도 없어."

"그래? 하긴, 성적이 이미 증명을 하는데 그런 애 같은 짓을 할 필요는 없겠지."

형수의 말을 흘려들으며 생각했다.

이번 시즌까지다.

'필 맥카프리가 LA 다저스의 에이스라는 걸 기억하는 사람은 이번 시즌이 끝이다.'

내년부터는 누구도 부정할 수 없는 확고부동한 에이스의 자리를 차지할 거다.

*   *   *

샌디에이고 파드리스.

메이저리그 데뷔전의 상대 팀인 동시에 내가 이룩한 첫 번째 메이저리그 퍼펙트게임의 희생 팀, 더불어 각종 기록과 현재 진행 중인 연속 완봉승, 연속 이닝 무실점의 시발점이 된 구단이다.

"저놈들 눈에 독기가 철철 넘친다."

형수의 말대로 샌디에이고 파드리스 선수들의 눈빛, 표정, 행동 하나까지도 복수라는 단어를 떠올리기에 충분할 정도로 파이팅이 넘쳤다.

"이해가 간다. 지금 샌디에이고 6연패 중이던가? 시즌 첫 게임부터 퍼펙트를 당했으니 제대로 될 리가 있겠냐?"

모두가 내 덕이라는 듯 형수가 나를 향해 히죽거렸다.

시즌 첫 번째 경기에서 퍼펙트를 당한 샌디에이고 파드리스는 이후로도 최악의 경기력으로 현재 내셔널리그 서부 지구 꼴등을 달리고 있었다.

4승 11패.

2할6푼7리의 승률로 양대 리그 최악의 성적을 기록 중이다.

이번 시즌을 위해 스토브리그에서 쏟아 부은 돈을 생각하면 일부 언론에서 조롱을 하는 것도 이해가 갈 정도다.

샌디에이고 파드리스의 구단주는 아무리 샌디에이고가 많은 돈을 들인다 하더라도 결코 뉴욕 양키스, 보스턴 레드삭스, LA 다저스와 같은 명문팀이 될 수 없다는 사람들의 말에 '자본주의에서 돈으로 사지 못할 건 없다'라고 정면으로 반박했다.

돈으로 명문팀을 만들겠다는 샌디에이고 파드리스 구단주의 야심찬 계획이 진행됐지만, 현실은 처참하기 짝이 없었고 사람들의 조롱거리로 전락하고 말았다.

아직까지는 별다른 반응을 보이지 않고 있는 샌디에이고 파드리스 구단주였지만, 많은 언론들은 조만간 그가 폭발할 거라고 예상하고 있었다.

부자들에게 있어 가장 중요한 게 자존심이라고 했던가?

샌디에이고 파드리스의 성적이 반등하지 못하면 무시무시한 칼바람이 불 거라고 했다.

상황이 이렇다 보니 오늘 경기는 무척이나 중요했다.

올 시즌 처참한 성적을 기록하고 있는 샌디에이고 파드리스로서는 현재 성적의 시작점인 LA 다저스, 그리고 퍼펙트게임을 헌납한 나에게 반드시 복수를 성공시키며 반등의 발판을 마련해야만 했기 때문이다.

'중요한 걸로 따지면 우리도 만만치 않지.'

샌디에이고 파드리스만큼이나 오늘 경기는 LA 다저스에게도 중요했다.

3연패의 쇠사슬을 끊어야 했으니까.

오늘 4연패를 기록하면 내일 경기도 비관적이고, 현재 쇠약해진 선발진을 생각하면 최악의 경우 8연패의 수렁으로까지 완전히 미끄러질 가능성도 충분했다.

그렇기에 오늘 경기는 반드시 승리를 해야만 했다.

오죽했으면 선수들에게 특별한 지시 사항이나 전달 사항을 잘 전하지 않는 게레로 감독이 직접 클럽하우스에서 선수들에게 승리에 대해 이런저런 말을 했을 정도다.

블라디미르 게레로 감독은 선수들에게 칭찬밖에 하지 않을 정도로 긍정적이고 비권위적인 감독이다.

메이저리그의 특성상 워낙 고액 연봉자들이 많기에 감독의 권위가 일부 특정 선수들에게는 결코 통하지 않기도 했지만, 하고자 한다면 감독 고유 권한인 선수 기용이라는 무기를 얼마든지 휘두르는 게 가능했다.

더군다나 게레로 감독은 올 시즌 LA 다저스의 사령탑에 앉
으면서 다저스 구단의 막강한 지원을 받고 있었다. 즉, 고액
연봉자라 하더라도 휘두를 수 있는 든든한 배경을 갖고 있다
는 뜻이다.

그럼에도 불구하고 선수들에게 쓴소리는 물론, 기분 나쁠
말조차 하지 않는 게레로 감독을 두고 다저스 선수들은 천사
라 부르고 있었다.

게레로 감독을 위해서라도 오늘 승리를 꼭 안겨주고 싶었
다.

"역시 다르네!"

형수가 샌디에이고 파드리스의 선발 투수, 앤드류 폴을 바
라보며 고개를 끄덕였다.

2025년 드래프트 빅4로 불렸던 초특급 투수 유망주 앤드류
폴이다.

샌디에이고 파드리스와 7년 6,300만 달러라는 대형 계약을
맺으며 메이저리그에 입성한 그는 작년 마이너리그에서 선발
로 풀타임을 소화하고 올 시즌 처음으로 메이저리그에 발을
들였다.

오늘 경기 이전까지 2경기 선발로 출장해서 1승 1패를 기
록했다.

90마일 중후반의 빠른 패스트볼과 슬라이더, 포크볼을 구사하는 앤드류 폴은 향후 15승의 고지를 충분히 넘길 수 있는 에이스급 투수로 평가를 받고 있었다.

"포크볼이 죽이더라."

형수의 말처럼 앤드류 폴의 결정구는 포크볼.

오늘 경기에서 다저스 타자들이 앤드류 폴의 포크볼에 얼마나 대처를 잘하느냐가 중요했다.

"시작한다."

연패를 내달리고 있는 두 팀의 경기가 시작됐다.

*　　　*　　　*

"선배, 오늘 경기 팽팽한데요?"

TV를 보며 꼼꼼하게 경기 내용을 기록하던 차동호가 안경을 위로 올리며 대답했다.

"벼랑 끝에 선 팀과 벼랑 끝으로 몰리고 있는 팀의 경기니까 팽팽할 수밖에 없지."

"샌디에이고도 그렇고 다저스도 그렇고 어디든 오늘 경기에서 패배하면 그 후유증이 한동안 계속해서 지속되겠죠?"

"당연하지. 양 팀 다 선발진이 무너졌잖아. 샌디에이고에서 가장 믿을 수 있었던 맥스 프리드가 부상자 명단에 오르면서 승리를 장담할 수 있는 선발 투수가 없으니… 붕괴된 마운드를 대신해서 타선이라도 불이 붙어야 하는데 상대가 차지혁이니 뭐."

말을 하며 차동호가 피식 웃었다.

차동호의 말에 대학 후배이자 같은 기자로 일하고 있는 홍석이 말을 이었다.

"마운드야 다저스도 상태가 안 좋기로는 마찬가지죠. 그래도 필 맥카프리가 복귀한다고 하니 그나마 믿을 만한 1, 2선발은 확실하지만 나머지는 솔직히 기대 이하라서."

홍석의 말에 차동호는 딱히 반박하지 않았다.

다저스의 현실이었고, 실제로 1, 2선발 투수를 제외하고 확실하게 승리를 가져올 수 있다 싶은 3선발 투수를 보유하고 있는 구단은 손에 꼽을 정도로 적었다.

"앤드류 폴도 확실히 잘 던지긴 잘 던지네요."

어떻게든 점수를 내겠다는 의지를 불태우고 있는 다저스의 타자들에게 매 이닝 안타를 맞고 있었지만, 6이닝까지 무실점으로 호투하고 있는 앤드류 폴이었다.

위기도 2차례나 있었지만, 그때마다 칭찬받을 위기관리 능력까지 선보이며 다저스 타자들을 침묵시켰다.

"그러니까 대형 계약을 맺었겠지. 앤드류 폴도 운이 나쁘지. 하필이면 차지혁이 내셔널리그에 들어왔으니 말이야."

"그렇긴 해요. 시즌이 시작되기 전까지만 하더라도 내셔널 리그는 신인 투수들의 전쟁터, 아메리칸리그는 신인 타자들의 전쟁터가 될 거라고 예측을 했었는데, 아메리칸리그와 다르게 내셔널리그는 차지혁 독주 체제나 다름이 없으니……."

같은 국적의 한국인 이전에 차지혁을 응원하는 야구팬으로서 차지혁의 독주가 기쁘기는 했지만, 치열함이 사라진 모습이 살짝 아쉽다는 듯 말끝을 흐리는 홍석이었다.

차동호는 홍석의 아쉬움을 모르지 않았기에 별다른 말을 하지 않았다.

올 시즌 메이저리그의 신인왕 타이틀 경쟁은 엄청나게 뜨거웠다.

메이저리그 역대급 경쟁이라고 해도 과언이 아닐 정도였다.

2025년 신인 드래프트 톱3였던 마이크 테일러(토론토 블루제이스)와 시몬 산체스(휴스턴 애스트로스)는 모든 전문가와 야구팬들의 기대대로 시즌 초반부터 무섭도록 방망이를 휘두르고 있었다.

특히 신인 드래프트 역대 최대 금액으로 계약을 한 마이크 테일러는 시즌 첫 경기부터 3연타석 홈런을 터트리며 현재 아메리칸리그 홈런 부문 단독 2위에 올라가 있었다.

시몬 산체스 역시도 3할 중반의 타율과 6개의 홈런, 8개의 도루 등으로 신인왕 경쟁에서 뒤처지지 않고 있었다.

아메리칸리그 신인들의 경쟁이 예상대로 흘러가고 있는 것과 다르게 내셔널리그 신인들의 경쟁은 차지혁의 활약이 워낙 뛰어나서 다른 경쟁자들과 비교하기가 힘들었다.

그렇다고 다른 경쟁 신인 투수들인 케이티 지코(필라델피아 필리스), 알렉스 코트로나(시카고 컵스), 앤드류 폴, 니노마에 류지(뉴욕 메츠)가 못하고 있는 것도 아니었다.

다만 차지혁의 성적이 워낙 압도적이고 상대적으로 사토시 준이 타자로서 뛰어난 활약을 보여주고 있었기에 다른 신인 투수들의 평가가 더욱더 떨어질 수밖에 없는 상황이었다.

"그렇지!"

시원스럽게 타자를 삼진으로 돌려세운 차지혁의 모습에 홍석이 왼주먹을 불끈 쥐며 기뻐했다.

"오늘도 탈삼진 열 개는 무난하겠는데요? 어떻게 할까요? 지금 페이스라면 완봉승도 그렇고 연속 이닝 무실점 기록도 충분히 가능해 보이는데, 이쪽에 초점을 두고 중간 기사라도 하나 내보낼까요?"

홍석의 물음에 차동호는 오늘 경기 기록을 가만히 살펴봤다.

6회까지 차지혁은 총 73개의 공을 던졌고, 8개의 탈삼진을 기록하고 있었다.

여전히 볼넷은 없었고 사구도 없었다.

3개의 안타를 맞기는 했지만 실점과는 거리가 멀었기에 연속 이닝 무실점 기록은 어느새 37이닝까지 늘어난 상태였다.

기록 자체만 놓고 본다면 홍석의 말대로 충분히 완봉승과 연속 이닝 무실점 기록을 세울 수 있었다.

＊　　＊　　＊

어느덧 경기는 7회 초였다.

내 생각보다 경기는 훨씬 더 치열했다.

기본적으로 앤드류 폴의 컨디션이 좋았기에 전체적인 구속, 구위, 제구가 타자들을 압도하고 있었다.

거기에 잘 맞았다 싶은 타구는 집중력을 발휘하고 있는 수비수들에게 모조리 잡히면서 꽤 많은 안타를 기록하고 있음에도 불구하고 다저스 타자들은 점수를 내지 못했다.

대기 타석에서 배트를 휘두르다 앤드류 폴에게로 시선을 돌렸다.

'101개.'

100구를 넘었다.

지금까지 던진 투구수를 생각했을 때, 앤드류 폴이 다음 이닝에도 마운드에 올라올 가능성은 지극히 희박했다.

무실점으로 호투를 벌이고 있기는 했지만, 매 이닝마다 안타를 맞았고 실점 위기의 순간도 2차례나 있었기에 투구수가 많을 수밖에 없었다.

그래도 혹시 모른다는 생각에 게레로 감독은 이번 이닝에서 어떻게든 앤드류 폴을 끌어내릴 수 있도록 최대한 많은 공을 보라고 타자들에게 주문을 했다.

부—웅.

웨인 스테인의 방망이가 돌아가다 멈췄지만, 누가 봐도 스윙이었다.

오늘 경기에서 앤드류 폴의 포크볼은 말 그대로 살인무기였다.

결정적인 순간마다 포크볼로 위기를 피했고 탈삼진 개수를 늘였다.

'구속도 그렇고 꺾이는 타이밍과 각도도 정말 좋아.'

BA 구종 평가에서 70점을 받았다고 하더니 충분히 높은 평가를 받을 정도로 위력적인 포크볼이었다.

무엇보다 와일드 피치나 패스트 볼이 나올 확률이 높은 포크볼임에도 불구하고 오늘 경기에서 위기 때마다 앤드류 폴이 포크볼을 던질 수 있었던 가장 큰 이유는 어떠한 공이든 잡아내고 마는 포수 오스틴 헤지스 덕분이었다.

지금도 원바운드가 될 정도로 큰 낙차로 떨어진 공을 오스틴 헤지스는 가슴으로 블로킹하고는 재빨리 공을 주워 타자를 태그했다.

다시 한 번 포크볼에 삼진을 당하고 만 웨인 스테인이 살짝 붉어진 얼굴로 더그아웃으로 돌아갔다.

'포크볼에만 속지 말자.'

포크볼을 경계하며 타석에 섰다.

오늘 경기에서 3번째 타석이고, 앞 2번의 타석에서는 삼진과 땅볼로 출루를 하지 못했다.

'확실히 힘이 떨어져 보이네.'

마운드에 서 있는 앤드류 폴의 얼굴이 피곤해 보였다.

투구수도 그렇지만, 체력적으로도 다음 이닝에는 절대 마운드에 올라올 수가 없음이 확실해졌다.

타석에 서기 전부터 투 스트라이크까지는 무조건 기다리자고 다짐을 했다.

쇄애애액.

퍼엉!

몸 쪽으로 너무 붙어서 날아오는 초구는 볼이었다.

앤드류 폴의 얼굴이 살짝 일그러졌다.

'컨트롤이 제대로 안 되나 보네.'

체력이 떨어진 투수는 구속, 제구, 뭐 하나 제대로 되질 않는다.

두 번째 공이 날아왔고, 이번에는 바깥쪽으로 빠지면서 다시 볼 판정을 받았다.

초구와 두 번째 공이 모두 볼이니 세 번째 공은 스트라이크 존 안으로 던질 확률이 굉장히 높다.

거기에 컨트롤이 제대로 안되니 어설프게 변화구를 던지지 않을 가능성도 크다.

가능성을 좁히고 들어가면 결론은 스트라이크 존 안으로 들어오는 포심 패스트볼.

'칠까?'

투 스트라이크까지 무조건 기다리겠다고 했던 다짐이 흔들렸다.

칠까, 말까 그 갈림길에서 고민하는 사이 앤드류 폴의 세 번째 공이 날아왔다.

퍼엉!

"스트라이크!"

한가운데 포심 패스트볼이었고, 명백한 실투였다.

내가 고민을 하는 동안 날아가 버린 기회였다.

잠시 타임을 요청하고 타석에서 물러나 스윙을 했다.

지나가 버린 기회에 아쉬운 마음이 무척이나 컸지만, 생각하지 않기로 했다.

'기회는 다시 온다.'

체력적으로 힘들어하고 있는 앤드류 폴이다.

투수인 나를 상대로 볼넷을 허용하고 싶지 않을 테니, 결국은 또 한 번 실투를 할 가능성이 존재했다.

배트를 조여 쥐고 타석에 들어섰다.

타석에 들어서는 타자를 바라보며 투수가 갖는 마음가짐은 단 하나다.

아웃을 시키자.

방법은 오직 두 가지뿐이다.

삼진 아니면 범타.

그 외엔 투수가 타자를 상대로 아웃을 시킬 수 있는 방법이 없다.

반대로 타자는 투수를 상대로 아웃을 당하지 않을 가능성이 굉장히 많다.

홈런, 안타, 볼넷, 사구는 기본적으로 출루율에도 영향을 주는 살아 나가는 방법이다.

외적으로 출루율과는 상관이 없지만 수비 에러, 폭투, 야수선택 등 투수와 다르게 타자는 어떻게든 1루 베이스를 밟을 수 있는 방법이 굉장히 많다.

그럼에도 불구하고 매년 3할의 타율과 4할의 출루율을 기록하는 타자들은 많지가 않다.

이유는 단 하나다.

투수는 자신 외에 8명이나 되는 야수들의 도움을 받지만, 타자는 오직 홀로 투수를 포함 총 9명의 수비수들 사이로 타구를 날려야 하기 때문이다. 이렇다 보니 타자는 열 번 중 세 번만 안타를 쳐도 잘 치는 거라고 칭찬을 받는 거다.

지친 표정을 숨기지 못하는 앤드류 폴이다.

3구로 던졌던 실투를 다행으로 여길 거다.

상대 타자가 투수였기에 다행이지, 웬만한 타자였다면 본능적으로 실투임을 알아채고 그대로 장타 혹은 홈런까지도 날려 버릴 수 있었던 공이었다.

머릿속에서 지워야 한다.

실투를 깨끗하게 지우고 집중을 해야만 한다.

실투를 되새기며 무리하게 힘을 줘서 공을 던지면 똑같은 실수를 되풀이하게 될 가능성이 무척이나 커진다.

'역으로 생각하자.'

내가 지금 앤드류 폴이라면 과연 타자가 어떻게 행동할 때 가장 신경이 쓰일까?

스윽.

평소보다 홈 플레이트 쪽으로 바짝 달라붙었다.

아니나 다를까, 앤드류 폴의 미간이 일그러졌다.

볼 컨트롤이 제대로 이뤄지지 않는 상황에서 타자가 몸 쪽 코스로 밀착하면 투수의 입장에서는 부담감이 커진다.

사구가 나올지도 모른다는 불안감으로 인해 몸 쪽 승부를 피할 수밖에 없다.

펑!

"볼!"

예상대로 앤드류 폴은 과감하게 몸 쪽으로 승부를 보기보다는 바깥쪽으로 공을 던졌고, 그마저도 컨트롤이 제대로 이뤄지지 않아서 한참이나 공이 빠지고 말았다.

1스트라이크 3볼.

타자에게 유리한 카운트다.

무엇보다 다음 타자가 오늘 앤드류 폴을 상대로 2안타, 멀티히트를 기록한 던컨 카레라스다.

앤드류 폴로서는 어떻게든 투수인 날 잡아두고 2아웃 상황에서 던컨 카레라스와 승부를 하려고 할 거다.

결론적으로 스트라이크 카운트를 잡기 위해 공을 던지겠지.

홈런이나 장타를 노리기보다는 정확하게 타격을 해서 안타를 만들어 내는 일에 집중하며 앤드류 폴을 바라봤다.

포수와 사인을 주고받은 후에야 앤드류 폴이 힘차게 킥킹 동작을 하며 공을 던졌다.

한가운데.

또다시 실투다.

이번에는 놓치지 않는다.

날아오는 공을 바라보며 배트를 휘둘렀다.

부웅!

퍽!

"아……!"

포크볼.

3볼 상황에서 포크볼을 던질 줄이야.

완벽하게 당했다.

오늘 앤드류 폴의 효자 노릇을 톡톡하게 해주고 있던 포크볼을 잊고 있었다.

아니, 잊었다기보다는 볼 컨트롤이 정확하게 이뤄지지 않는 상황이라 3볼 상황에서 포크볼을 던질 거라고는 차마 예상하지 못했다.

마운드 위에서 앤드류 폴이 희미하게 웃었다.

'쳐야 할 공은 기다리고, 기다려야 할 공에 헛스윙이라니.'

타석에 설 때마다 느끼는 거지만 타격은 확실히 어려운 일이다.

투수가 타격까지 잘하는 걸 보면 정말 대단한 일이지만, 솔직하게 말해서 투수에게 타격까지 잘하길 바라는 건 과한 욕심이다.

헛스윙으로 체면을 구겼지만, 아직 승부는 끝난 게 아니다.

2스트라이크 3볼의 풀카운트 상황이니 아직 기회는 남아 있다.

또다시 포크볼을 던질 확률은?

'모르겠네.'

진심으로 앤드류 폴의 의중을 읽을 수가 없었다.

1스트라이크 3볼 상황에서도 과감하게 포크볼을 던진 앤드류 폴이니 풀카운트 상황이라고 던지지 않을 거라고는 생각할 수가 없다.

'나라면?'

머릿속을 정리하는 사이 앤드류 폴이 와인드업을 시작했다.

쉐애애액.

날아오는 공을 바라보며 배트를 휘두르려다 급히 멈췄다.

포크볼이다.

앤드류 폴은 풀카운트 상황에서도 망설임 없이 포크볼을 던졌다.

체력은 떨어졌어도 타자 바로 앞에서 수직으로 꺾이는 각은 여전히 훌륭했다.

원바운드가 되는 공을 재빨리 포구한 오스틴 헤지스는 공이 담긴 글러브로 내 몸을 태그하면서 1루심을 바라봤다.

1루심은 오스틴 헤지스의 고개를 저으며 양팔을 좌우로 벌렸다.

노 스윙.

배트가 돌아가지 않았다는 1루심의 판정에 오스틴 헤지스가 마스크를 벗으며 항의를 했다.

앤드류 폴 역시도 배트가 돌아간 것 아니냐며 1루심을 향해 말을 했지만, 판정은 번복되지 않았고 나는 볼넷으로 1루까지 출루할 수 있었다.

"완전 돌아갔는데 운이 좋군."

1루수 도미닉 스미스가 나를 바라보며 그렇게 말했다.

"판정은 심판이 하는 거니까."

내 대꾸에 도미닉 스미스는 피식 웃었다.

웃음 속에 날카로운 적의가 담겨 있었지만, 신경 쓰지 않았다.

나에게 2번이나 삼진을 당한 도미닉 스미스였으니 나를 곱게 볼 리가 없었다.

"설마 도루를 하려고?"

"글쎄."

대수롭지 않게 대꾸를 하고는 리드 폭을 조금 더 넓혔다.

우완 투수인 앤드류 폴은 도루 저지율이 평균보다 아래였다.

세트 포지션에서 투구를 하는 동작이 길지는 않았지만, 결정구로 사용하는 포크볼이 문제였다.

아무래도 원바운드성 볼이 많이 발생하는 포크볼이었기에 발이 빠르지 않다 하더라도 포크볼을 던지는 순간 도루 스타트를 끊으면 90퍼센트 이상의 높은 확률로 도루를 성공시켰기 때문이다.

펑.

리드 폭을 넓게 잡으니 곧바로 견제구가 날아왔다.

다른 투수들은 어떤지 모르겠지만, 나 같은 경우에는 같은 투수들의 습관을 쉽게 파악할 수 있었기에 견제구 역시도 어렵지 않게 파악을 할 수 있었다.

"무리하지 마."

1루 코치의 말에 고개를 끄덕였다.

투수에게 도루 사인은 웬만해선 나오질 않는다. 그렇기에 상대 팀 투수도 투수가 주자로 나갔을 경우 도루에 대한 견제를 높게 가져가질 않는다.

'도루를 하지 않는다 하더라도 앤드류 폴을 흔들어 놓을 필요는 있으니까.'

나 역시 도루를 할 생각은 없다.

앤드류 폴의 신경을 자꾸만 거슬리게 만들어서 던컨 카레라스가 타격에 성공하도록 도움을 주고 싶을 뿐이었다.

마치 도루를 할 것처럼 리드 폭을 넓게 가져가자 앤드류 폴이 다시 한 번 견제구를 던졌다. 그러거나 말거나 그 이후에도 계속해서 리드 폭을 넓게 가져가면서 신경을 건드렸고, 그 결과 어느새 던컨 카레라스는 1스트라이크 2볼의 유리한 카운트를 만들어 놓고 있었다.

딱!

앤드류 폴이 던진 4구를 던컨 카레라스가 그대로 때렸다.

총알과도 같은 스피드로 2루수와 1루수 사이를 뚫어버리는 타구에 곧바로 2루를 향해 내달렸다. 타자로서의 타격 능력은 메이저리거 수준이 아니지만, 그 외적으로 주루 플레이만큼은 수준급이라고 자부하고 있었기에 2루 베이스를 밟고 곧장 3루로 향했다.

3루에 있던 주루 코치가 놀란 눈으로 날 바라보는 모습이 보였다.

타구의 스피드, 코스를 생각했을 때 발이 빠른 주자라면 얼마든지 3루까지도 내달릴 수 있었기에 나 역시 자신이 있었다.

양팔을 아래로 빠르게 끌어내리는 3루 코치의 모습에 3루 베이스의 모습이 눈에 보이자 그대로 몸을 날렸다.

오른손이 3루 베이스에 닿고 조금 후에 엉덩이 쪽에 묵직한 무게감이 느껴졌다.

"세이프! 세이프!"

세이프를 외치는 3루심의 모습에 나는 왼주먹을 불끈 쥐었다.

이걸로 1사 1, 3루다.

여기서 희생 플라이 하나만 나와도 득점에 성공한다.

"괜찮아? 어디 다친 곳은 없지?"

3루 코치가 걱정스러운 눈으로 날 훑어보며 그렇게 물었다.

"괜찮아요."

"무리하지 말라고. 척, 너는 우리 팀의 소중한 핵심 선수라는 걸 잊지 마."

"예."

진심어린 말과 함께 내 어깨에 묻은 흙을 털어주는 3루 코치였다.

결과적으로 공격적인 주루 플레이가 앤드류 폴의 마지막 방어선을 허물어 버리고 말았다.

2번 타자 크레이그 바렛의 우중간 적시타와 3번 타자 코리 시거의 좌측 펜스를 맞추는 큼지막한 2루타로 인해서 점수는 순식간에 3점으로 늘어났다.

결국, 7회까지 호투를 펼쳤던 앤드류 폴은 6.1이닝 3실점으로 마운드를 다음 투수에게 넘겨야만 했다.

나는 이어진 7회 말 수비에서 안타를 맞기는 했지만 여전히 무실점으로 마운드를 지켰고, 8회 초 공격에서는 앤드류 폴에게 억지로 막혀 있던 LA 다저스의 타자들이 신나게 방망이를 휘두르며 3점을 더 보태며 오늘 승부의 쐐기를 박아버렸다.

6 : 0.

3연패의 수렁에서 탈출을 했다.

동시에 4경기 연속 완봉승이라는 놀라운 기록과 함께 40이닝 연속 무실점 기록을 세우면서 2008년 브래드 지글러가 세웠던 데뷔와 동시에 세운 39이닝 연속 무실점 기록마저 깨트리고 말았다.

그 외에도 4경기 연속 10탈삼진 기록도 세우면서 1999년 페드로 마르티네스가 세웠던 8경기 연속 10탈삼진 기록에도 반환점을 찍었다.

*　　　*　　　*

샌디에이고 파드리스 원정 1차전에서 6 : 0으로 승리를 거뒀지만, 2차전에서는 포스터 그리핀이 샌프란시스코 자이언츠 경기 때와 마찬가지로 4회에 급격하게 무너져 버리면서 4 : 8이라는 점수 차이를 내주며 패배를 하고 말았다.

7연패 뒤의 소중한 1승을 챙긴 샌디에이고 파드리스는 3차전에서도 식지 않은 방망이를 휘두르며 2 : 5로 2연승과 동시에 위닝 시리즈를 챙겨갔다.

6일 동안의 원정 경기에서 1승 5패라는 초라하다 못해 참혹한 성적표를 들고 LA로 돌아왔다.

그 사이 순위는 다시 한 계단 내려앉으며 샌프란시스코 자이언츠, 콜로라도 로키스 다음으로 서부 지구 3위였고, 그마저도 반 경기 차이로 애리조나 다이아몬드백스에게 바짝 쫓기고 있었기에 8일 경기가 무척이나 중요해지고 있었다.

"하필이면 샌프란시스코가 상대라니."

형수가 고개를 절레절레 저었다.

LA 홈경기의 첫 번째 시리즈 상대가 현재 연승 가도를 내달리고 있는 샌프란시스코 자이언츠였다.

발목 부상으로 로테이션을 건너뛰었던 4선발 나단 코스코가 복귀하기로 되어 있었지만, 과연 마운드와 타선의 조화가 완벽하게 이뤄졌다고 평가를 받고 있는 샌프란시스코 자이언츠를 상대로 승리를 따낼 수 있을지는 의문이었다.

"그것보다도 내일 가정부는 언제 오는 거야?"

형수의 물음에 나도 모른다며 고개를 저었다.

8일 날 오기로 약속은 했는데, 정확한 시간을 말하지 않았기에 언제 오는지는 알 수가 없었다.

"아침 일찍은 안 되겠지?"

"아침밥 때문에?"

"음식 솜씨가 진짜 좋잖아. 이왕이면 아침부터 든든하게 먹으면 좋지."

가정부가 다녀간 첫날, 형수는 그녀가 만들어 놓은 밥을 먹고는 눈이 휘둥그레졌었다.

완벽하게 자기가 원하는 맛이라며 돈을 더 주는 일이 있어도 그녀를 반드시 가정부로 고용하고 말겠다고 했었다.

"전화해서 일찍 오라고 하면 안 되려나?"

"지금 시간에?"

형수가 시계를 확인하고는 입맛을 다셨다.

원정 경기를 끝내고 곧바로 돌아왔다고 하지만 시간은 한 참이나 늦은 상태였다.

이런 늦은 시간에 전화를 해서 내일 일찍 오라고 하는 것 자체가 웃긴 일이라 형수도 포기하고 말았다.

"이름도 모르고 나이도 모른다고 했지?"

"어쩌다 보니 물어보지 못했어."

"얼굴은 평범하고?"

"왜? 평범하지 않으면 어떻게 해볼라고?"

내 물음에 형수는 그저 음흉스럽게 웃기만 했다.

"확실한 건 네 스타일은 아니라는 거. 그러니까 헛꿈 꾸지 마라."

형수는 보통의 평범한 남자다.

즉, 무조건 예쁜 여자를 좋아한다.

여자의 외모를 두고 평가하길 좋아하지는 않지만, 아무리 생각해도 가정부로 왔던 그녀는 예쁘다고 할 만한 얼굴이 아니었다.

평범하다고 했지만 예쁘냐, 못생겼냐의 이분법적 논리로 따지자면 못생겼다는 쪽에 조금 더 힘을 실어줄 만했다.

"내일 오면 확실하게 고용 계약서도 작성하고 이왕이면 아침 일찍 올 수 있도록 해야겠다. 너는 이번 일에서 빠져. 내가 사비를 털어서라도 확실하게 고용할 테니까. 알겠지?"

미국에서 음식 투정 한 번 부려본 적이 없는 형수였지만, 역시 한국인이라는 건 어쩔 수 없는 모양이었다. 음식 하나에 저렇게 의욕을 불태우는 모습을 보니 말이다.

아침 8시가 되자 놀랍게도 초인종이 울리며 그녀가 왔다.

"안녕하세요. 운동 하시는 분들이라 아침을 차려드려야 할 것 같아서 일찍 왔습니다. 혹시 제가 너무 일찍 온 걸까요?"

수수한 차림의 그녀의 모습에 누가 왔냐며 어슬렁거리며 현관문으로 다가오던 형수는 성난 멧돼지처럼 달려와서는 덥석 손부터 잡았다.

"어서 오세요! 눈알 빠지도록 기다렸습니다!"

형수의 예상하지 못했던 환대에도 불구하고 그녀는 웃으

며 대답했다.

"차지혁 선수와 함께 사시는 분이시군요. 앞으로 잘 부탁
드립니다."

인사를 하는 그녀의 모습에 형수는 마주 고개를 꾸벅 숙였
다.

"장형수라고 합니다. 지금은 유명하지 않지만 머지않아 요
기 베라처럼 메이저리그 최고의 포수가 될 겁니다."

요기 베라라니.

내가 피식 웃는 사이 그녀는 그저 희미하게 웃고만 있었다.

딱 봐도 요기 베라가 누구인지 제대로 모르는 것 같았다.

형수도 그런 낌새를 눈치챘는지 히죽 웃고는 그녀가 들어
올 수 있도록 옆으로 한 발 크게 물러났다.

"감사합니다."

현관을 넘어 들어선 그녀는 곧바로 주방으로 향했다.

능숙하게 냉장고에서 각종 식자재들을 꺼내놓기 시작했
다.

"야채가 생각보다 많이 상했네요. 괜찮다면 오늘 중으로
제가 따로 장을 봐둬도 될까요?"

지금까지는 에이전시에서 일정 기간마다 냉장고를 채워놨
었다.

날짜가 지나거나 오래된 음식들도 알아서 수거를 해갔었

기에 형수와 내가 따로 장을 본 적은 한 번도 없었다.

"물론입니다! 혼자서 힘드실 테니 아침 먹고 바로 저랑 가실까요?"

형수가 적극적으로 그녀에게 그렇게 제안을 했다.

"바쁘실 텐데 그러실 것까지는 없습니다. 제가 혼자서도 할 수 있습니다. 영수증 처리만 잘 해주시면 됩니다."

"제가 따로 먹고 싶은 것도 있고 하니까 그냥 제가 함께 가겠습니다. 힘 좋은 짐꾼하고 같이 간다고 생각하시면 됩니다."

형수의 말에 그녀는 그러면 그렇게 하자며 고개를 끄덕였다.

"우선 있는 것들로 아침을 만들겠습니다."

"예! 맛있게 부탁드립니다!"

아침부터 저렇게 활기찬 형수의 모습은 처음인 것 같았다.

주방에서 떠날 줄을 모르는 형수를 잡아끌고 훈련장으로 향했다.

러닝은 이미 끝내놨기에 스트레칭과 가벼운 근력 운동을 조금 하고는 집으로 돌아가니 어느새 집 안 가득 맛있는 음식 냄새가 폴폴 풍기고 있었다.

"크아~! 죽인다!"

형수가 빠른 걸음으로 주방으로 들어섰고, 그 뒤를 따라 내가 주방에 들어서니 보글보글 끓고 있는 찌개 하나와 몇 가지의 간단한 반찬들이 보기 좋게 차려져 있었다.

"김치찌개!"

형수가 군침을 삼키며 자리를 잡고 앉았고, 그 맞은편에 나 역시 자리를 잡았다.

"그런데 어디 가셨지?"

숟가락을 들던 형수가 고개를 두리번거리며 그녀를 찾았다.

계단 밟는 소리와 함께 그녀가 빨래 거리를 한 아름 안아 들고 나타났다.

기본적으로 유니폼의 경우 클럽 하우스 매니저 밑에서 일하고 있는 보조 직원인 클러비(clubby)를 통해서 세탁이 가능했다.

덤으로 형수와 나는 유니폼 외의 빨래 거리도 2~3일에 한 번씩 모아놨다가 클러비에게 세탁을 부탁하고 있었다. 팁만 주면 가능한 일이었기에 미안할 것도 없었다.

그렇게 모아두었던 세탁물을 발견해서 가지고 내려온 거였다.

흙먼지와 땀 냄새가 잔뜩 배여 있었음에도 그녀는 아무렇지도 않다는 듯 양팔로 안아 들고 있었다.

"그건 그냥 두세요! 구단으로 가져가면 알아서 세탁을 해주니까 굳이 세탁하실 필요가 없어요."

형수가 재빨리 움직여 빨래를 빼앗았다.

"아니에요. 제가 해야 할 일이니까 당연히 제가 해야죠. 아침 식사부터 하세요."

빨래 거리를 빼앗으려는 그녀를 피해 형수는 세탁실로 향했고, 곧바로 빈손으로 돌아왔다.

"일찍 나오신다고 아침도 못 드셨죠? 같이 드시죠."

"아니에요. 저는······!"

"그러지 말고 앉으세요."

형수는 그녀를 비어 있던 식탁 의자에 앉히고는 직접 수저와 밥까지 담아왔다.

형수의 막무가내 행동에 그녀가 처음으로 당황한 모습을 보였다.

그러거나 말거나 형수는 자신의 자리에 앉으며 아주 진지한 음성으로 말했다.

"솔직하게 말씀드려서 저는 그쪽… 실례지만, 성함이 어떻게 되시죠?"

"주혜영입니다."

"예. 혜영 누님. 누님이라고 불러도 괜찮겠죠? 아니, 그렇게 부르겠습니다."

형수는 쉬지 않고 밀어붙였다.

"저는 혜영 누님께서 다른 것 다 하지 않고 맛있는 밥만 해 주셨으면 합니다. 저랑 지혁이가 운동을 하다 보니 먹는 부분에 있어서 꽤 신경을 써야 하는데, 보시다시피 요리랑은 담을 쌓고 사는 사내놈들이다 보니까 한국에 계신 부모님께서 보내주신 음식들이나 아주 간단한 음식만 먹고 있었습니다. 그런데 혜영 누님께서 만들어 주신 음식을 먹고 나니 진짜 음식을 먹어야겠다는 생각이 간절해졌습니다."

음식 투정이라고는 한 적이 없던 형수였는데 꽤 그리웠던 모양이다.

생각해 보면 어머니가 오셨을 때에도 형수는 구단에서 제공하는 음식을 거들떠도 보지 않고 집까지 왔다 갔다 거리며 밥을 먹었었다.

메이저리거들에게 제공되는 음식은 무척이나 화려하고 맛도 좋았다.

많은 나라의 음식이 종류별로 뷔페식으로 제공되기에 개인의 취향대로 먹고 싶은 것만 골라서 먹을 수 있어 나는 단 한 번도 불만을 가진 적이 없었다.

'말만 들으면 엄청 못 먹고 산 줄 알겠네.'

기본으로 세 접시 이상 먹었던 형수다.

항상 먹고 나면 만족스럽게 웃으며 포만감을 느긋하게 즐기던 모습이 또렷하게 기억난다.

그런데 이제와 그것들이 모두 거짓이라는 듯 말을 하고 있으니 내 입장에서는 황당하기만 했다.

"다른 건 다 필요 없고 저희가 집에 있을 때에만 밥을 챙겨 주시면 됩니다. 보수는 최대한 많이 챙겨드리도록 하겠습니다. 지금 얼마를 받기로 하셨는지 모르겠지만, 무조건 그것보다 더 많이 드리겠습니다."

형수의 말에 주혜영은 가만히 고개를 끄덕였다.

"좋게 봐주셔서 감사합니다. 하지만 음식만 하고 갈 수는 없습니다. 집안 살림도 같이 하겠습니다. 대신… 정말로 괜찮으시다면 보수는 조금 더 받도록 하겠습니다."

살짝 얼굴을 붉히는 주혜영의 모습에 형수는 걱정하지 말라는 듯 큰 소리로 대답했다.

"걱정 마세요! 아예 지혁이 에이전시에서 받는 돈은 그대로 받으시고 제가 따로 또 보너스 형식으로 돈을 드리도록 하겠습니다."

형수의 말에 주혜영이 놀란 얼굴로 그를 바라보다 고맙다며 연신 고개를 숙였다.

만족스러워하는 형수와 다르게 나는 딱히 만족스럽지가 못했다.

주혜영의 음식 솜씨가 뛰어난 건 사실이지만, 그렇다고 저렇게까지 해야 할까 싶었다.

에이전시에서 어련히 잘 알아봤겠지만, 그렇다 하더라도 그녀가 어떤 사람인지 조금 더 판단을 해야 하지 않을까 하는 생각도 있었다.

"그럼 아침 먹고 다시 계약서를 작성하시죠. 그럼 잘 먹겠습니다!"

형수는 김치찌개를 크게 한 숟가락 떠서 먹고는 엄지손가락을 추켜세웠다.

"정말 맛있습니다! 최고에요! 지혁아, 너도 먹어봐. 진짜 죽음이다!"

＊　　　＊　　　＊

하하호호 웃으며 집으로 들어오는 형수와 주혜영의 모습을 보니 급속도로 친해진 듯한 느낌이 들었다.

"고마워요."

"에이～ 누님, 편하게 말하라니까요. 그냥 동생들이다 생각하고 편안하게 대하세요. 안 그러냐, 지혁아?"

형수의 말에 아무런 대답도 하지 않고 그저 가만히 녀석을 바라보기만 했다.

그런 내 모습에 주혜영이 조심스럽게 내 눈치를 살피고는 형수의 손에 들려 있는 식자재를 넘겨받고는 주방으로 들어갔다.

"누님! 점심은 아까 제가 말한 대로 잘 부탁드려요!"

싱글벙글 웃고 있는 형수에게 말했다.

"형수야, 여기서는 좀 그렇고 훈련장으로 가서 얘기 좀 하
자."

"왜? 무슨 얘기?"

대꾸 없이 집을 나와 훈련장으로 들어서니 형수도 곧 들어
왔다.

"뭔데?"

"너무 과한 것 아냐? 어떤 사람인 줄 알고 그렇게까지 대하
는 거야? 그리고 엄연히 우리가 고용한 사람이잖아. 적당하
게 선을 그어놓고 사람을 대해줘야 하지 않겠어?"

"뭘 그런 걸로 그렇게 팍팍하게 구냐? 딱 보면 모르겠어?
혜영 누님 같은 사람은 딱 봐도 착한 사람이라는 게 뻔히 보
이잖아? 그리고 아무리 돈 받으면서 밥하고 집안 살림하는 가
정부라고 하더라도 굳이 뻣뻣하게 대할 필요는 없잖아?"

"뻣뻣하게 대하자는 게 아니라 내 말은……."

"너 인마, 그렇게 딱딱하게 사니까 주변에 사람이 없는 거
야."

"뭐?"

형수의 말에 내 표정이 경직되듯 굳어버렸다.

내 표정을 보고 알면서도 형수는 이참에 하고 싶었던 말을 해야겠다는 듯 말을 이었다.

"솔직히 혜영 누님처럼 젊은 여자가 왜 남의 집 가정부를 하면서 살겠어? 그런 것도 좀 생각하면서 편안하게 대해줘. 사람은 혼자 사는 거 아니다. 고등학교 때도 그렇지만 넌 네가 할 일만 다 하면 그만이라고 생각하지? 그런데 그렇게 사는 사람치고 주변에 사람 많은 사람 없더라."

형수의 갑작스런 말에 말문이 막혔다.

반박할 말이 없어서가 아니라 나를 가장 잘 이해해 주는 친구가 이런 말을 하니 가슴이 답답해지는 기분이 들었다.

"넌 항상 최고였지? 어려움도 없었고, 항상 남들이 추켜세워 줬지? 물론 네가 그만큼 열심히 노력했다는 건 잘 알아. 그런 노력이 있었기에 지금의 네가 있다는 것도 충분히 인정하고. 그런데 세상에는 뭘 해도 안 되는 사람도 있어. 노력하면 다 된다? 그것처럼 희망고문도 없더라. 너는 항상 노력하지 않았기에 결과가 그 모양이라고 말하는데, 내가 손바닥이 다 찢어지도록 타격 연습을 하는데도 안타 하나 못 치는 날은 어떨 거 같아? 다른 사람들도 마찬가지야. 노력만으로도 안 되는 사람도 있는 거야. 세상에 부자들이 다 노력해서 부자인 것 같아? 절대. 그들 중 일부만이 정당하게 노력해서 대가를 얻은 것뿐이야. 나머지는 다 사기꾼에 강도 새끼들이야. 네

기준대로라면 성공한 사람만 노력한 사람이라는 거야? 틀렸어. 성공하지 못했어도 자신의 모든 걸 걸고 노력한 사람도 있어. 젠장! 말하다 보니까 괜히 하소연이나 하고 있네. 내가 하고 싶은 건 이거야. 너무 네 기준대로만 사람을 평가하지 말고 그 사람을 그대로 봐줬으면 좋겠다. 미안하다, 이런 개소리나 지껄여서."

형수가 훈련장을 나가고 홀로 남아 멍하니 서 있었다.

머릿속이 뒤죽박죽 혼란스러웠다.

나는 그저 형수가 너무 주혜영에게 과도한 친절을 베푼다고 여겼고, 그것이 어떤 식으로든 나쁜 결과를 만들어 낼 수도 있을 것 같아 충고만 해주고 싶었다.

주혜영은 돈이 필요해서 가정부로 왔고, 우리는 정당한 대가를 지불하고 그녀를 고용한 것뿐이다.

고용주와 피고용주의 관계를 확실하게 해둬야 나중에 뒷말이 나오지 않는다고 여겼다.

인정에 한 번 끌려 다니기 시작하면 결국 남는 건 파국이다.

주혜영과 오랜 시간 지속적으로 안정적인 관계를 만들어 나가는 가장 좋은 길은 확실하게 선을 긋고 대하는 거라고 여겼을 뿐이다.

그것만 말해주고 싶었다.

너무 친절을 베풀지 말라고, 선의에서 시작된 친절이 상대에게는 당연한 권리가 될지도 모르니까.

그런 말을 하기도 전에 형수가 먼저 내게 말을 쏟아냈다.

"서운했던 건가."

각종 기록을 갈아치우며 승승장구하는 내 곁에서 형수가 어떤 마음이 들까?

자격지심은 아니다.

형수는 그런 마음을 품을 놈이 아니다.

그랬다면 나를 대하는 태도가 분명 달랐거나, 이상한 낌새를 내가 느꼈을 거다.

무심했던 거다.

형수에 대해서 너무 무심했던 내 태도가 녀석의 마음에 서운함을 품게 한 거다.

각종 기록을 세우고도 담담했던 내 모습을 형수는 항상 이해할 수 없다는 듯 바라보며 혀를 찼었다.

당연한 결과라고, 노력하면 누구든 할 수 있는 일이라고 입버릇처럼 했던 내 말들이 형수에게 가시처럼 박혔던 거다.

반대로 넌 노력하지 않았기에 그 모양이라고 말하고 있었던 셈이다.

"후우……."

성격 좋은 놈이 그동안 꽤 가슴속에 담아두고 있었던 모양이다.

딴엔 꾹 티 내지 않으며 잘 지내고 있었는데, 별것도 아닌 가정부 일마저도 내가 걸고 넘어가니 참았던 감정들이 폭발한 거다.

"차라리 잘됐네."

이제라도 알았으니 됐다.

모르고 계속 쌓아뒀으면 형수마저 날 멀리했을지도 모른다 생각하니 아찔한 마음도 들었다.

"오빠는 감정이 없어? 왜 기계처럼 그렇게 살아? 사람이면 사람답게 실수도 하고, 흐트러진 모습도 좀 보이고 그래야지. 으유~ 정말 정 떨어진다!"

한국에서 지아가 했던 말이 새삼스럽게 머릿속에서 맴돌았다.

*　　　　*　　　　*

첫 번째 시리즈에서 3연패로 스윕을 당했던 샌프란시스코 자이언츠와의 두 번째 시리즈.

같은 지구 꼴찌인 샌디에이고 파드리스에게 위닝 시리즈

를 내주고 시작되는 첫 경기였기에 많은 우려가 있었지만, 그나마 한 줄기 희망의 빛이 내려왔다.

에이스의 귀환.

LA 다저스 공식 에이스 필 맥카프리가 시즌 첫 번째 선발 등판이 확정됐다.

경기력이 떨어졌을 거라는 우려도 있었지만, 이미 마이너 리그에서 충분히 실전 감각을 확인하고 올라왔기에 감독과 코치들은 주변의 우려에 신경조차 쓰지 않았다.

"잘하더군."

경기가 시작되기 전 몸을 푸는 동안 필 맥카프리가 내게 다가와 그렇게 말했다.

"몸 상태는 완벽하게 나은 건가요?"

"물론이지."

대답을 하며 나를 쳐다보는 필 맥카프리의 눈빛이 곱지만은 않았다.

어떤 생각을 하고 있는지 충분히 짐작이 갔지만, 내 진심과는 전혀 동떨어진 사실이었기에 굳이 그것에 대해 반응을 할 필요가 없었다.

"다행이군요. 오늘 경기 기대하죠."

"얼마든지 기대해. 에이스가 뭔지 확실하게 보여줄 테니까."

몸을 돌리는 필 맥카프리의 모습에 내 등 뒤에 서 있던 형수가 한마디를 툭 내뱉었다.

"재수 없는 놈."

"실력이 있잖아? 그러니까 팬들도 좋아하는 거고."

실력 없는 선수가 저러면 시건방지다, 주제도 모른다는 비난을 받지만, 필 맥카프리처럼 실력 있는 선수가 저러는 것에 대해서는 모두가 자신감이라며 긍정적인 시선을 보인다.

"인정하지 않을 수 없는 부분이라 더 짜증나네."

얼굴을 찌푸리는 형수였다.

형수와의 사이는 조금도 달라지지 않았다.

자신의 가슴속에 쌓여 있던 감정의 찌꺼기들을 모두 털어낸 것처럼 오히려 얼굴 표정이 한결 밝아진 듯한 형수의 모습이었다.

나를 대하는 태도 역시도 변함이 없었다.

오히려 그런 형수의 모습이 한편으로는 고맙게 느껴졌다.

사실 형수와의 사이가 서먹해지면 어떻게 풀어야 할지 꽤 한참을 홀로 고민했었으니까.

중요한 건 이제부터다.

형수에게 조금 더 인간적으로 대해야겠다는 생각을 했다.

형수의 말대로 나는 지금까지 무의식적으로 나를 기준으로 둔 상태에서 사람을 평가해 왔던 것 같았다.

모든 사람이 나와 같을 수 없다는 걸 인정하지 않았던 것 같기도 하고, 그런 부분에 대해서는 생각도 해보지 않았던 것 같다.

하지만 노력하면 된다라는 사실에 있어서만큼은 아직까지도 변함이 없었다.

형수의 말대로 노력을 하더라도 되지 않는 사람이 있다는 건 맞는 말이지만, 중요한 건 어떠한 노력을 어떻게 했느냐다.

무작정 노력만 한다고 될까?

절대 그렇지 않다.

어떤 방식으로 어떻게 노력을 하느냐가 관건이다.

"형수야."

"응?"

"네가 노력을 안 한다고 생각하지 않아. 다만, 어떤 노력을 어떻게 하느냐가 중요하다고 생각할 뿐이야. 내가 잘났다고 널 가르치려는 게 아니라, 진심으로 네가 내 곁에서 평생 함께 야구를 했으면 하는 마음에서 하는 말이야."

형수는 살짝 당황한 눈으로 날 바라봤다.

아침에 했던 대화가 이어지는 것에 대한 부담감을 느끼는 얼굴이었다.

"그래서 하는 말인데… 앞으로는 토렌스를 목표로 삼아봐."

"뭐?"

"지금 현 상황에서 형수, 네가 목표로 삼아야 하는 사람은 토렌스야. 그를 뛰어넘지 못하면 절대 넌 주전 포수가 될 수 없어. 그러니까 토렌스가 어떤 훈련을 하는지, 포수로서의 장점이 무엇인지, 단점이 무엇인지를 확실하게 옆에서 지켜보라는 거야. 넌 포수야. 포수의 가장 중요한 첫 번째는 타격이 아니라 포수로서의 능력이야."

내 말에 형수가 가만히 날 바라보다 천천히 고개를 끄덕였다.

"그래."

짧은 대답이지만, 형수의 마음이 어떤지는 충분히 느껴졌다.

나 역시 최대한 형수의 자존심에 상처를 주지 않으려고 몇 번이나 생각한 끝에 한 말이다.

실질적으로도 형수가 성장할 수 있는 가장 빠른 부분을 말해주었다.

포수라는 포지션에 집착을 하는 형수였기에 그 무엇보다 포수로서의 능력이 중요했다.

타격을 아무리 잘해봐야 포수로서 능력 미달이라면 포지션 변경을 해야만 한다.

하지만 포수로서의 능력만 제대로 갖추게 된다면 기회는

꾸준하게 주어진다.

타격 능력은 그 시기에 향상시켜도 늦지 않는다고 생각했다.

현 상황만 봐도 그렇다.

토렌스가 형수보다 나은 건 포수로서의 능력 하나뿐이다.

타격부터 시작해서 주력까지 형수가 토렌스보다 나았다.

타율이나 출루율이 증명했다. 토렌스는 7번과 8번 타순을 오가고 있었지만 형수는 6번 타순에도 배치가 됐었고, 한 번뿐이라 하더라도 5번 타순에도 배치가 된 적이 있었다.

이것만 보더라도 토렌스보다는 형수에게 타격 능력을 더 기대한다는 걸 알 수 있다.

이런 상황에서 형수가 포수로서의 능력이 믿을 수 있을 만큼 향상된다면 토렌스의 자리를 충분히 위협할 수 있는 선수가 될 수 있었다.

"메이저리그에서 함께 월드 시리즈 우승하자고 했던 말 난 가슴 속에 항상 담아두고 있다. 월드 시리즈에서 우승하는 순간을 다른 누구도 아닌 너와 함께 느끼고 싶다. 그 동안 내 행동이 서운했다면 미안해. 하지만 진심으로 단 한 번도 널 무시한 적도 없고, 내가 잘났다고 생각한 적은 없었어. 네 말대로 내 성격이 이렇다 보니까 주변에 친구도 없고 그런 거 알잖아."

"그, 그건 그냥 나도 모르게 한 개소리니까……."

"고마웠어. 솔직히 누가 나한테 이런 소릴 해줄까 생각해 봤는데 가족 외엔 없더라고. 네 말이 맞아. 지금까지 난 내가 할 일만 하면 된다고 생각했어. 그리고 그것만으로도 솔직히 벅찬 것도 사실이고. 그런데 형수 네 말을 들으니까 알겠더라. 지금처럼 이렇게 살면 결국 내 주변에 가족 외엔 아무도 남아 있지 않을 거라는걸."

"그렇지 않아! 그건 그냥 내가 실수로 한 말이야! 난 무슨 일이 있어도 네 곁에 남아서 널 지지하고 응원해 줄 거야! 그리고 너를 응원하는 수많은 팬들까지도 생각해야지!"

형수의 말에 나는 다 안다는 듯 웃으며 고개를 끄덕였다.

"지금이야 그렇겠지만 과연 내가 이런 부분을 전혀 느끼지 못하고 계속 살았다면 너라도 견뎌낼 수 있었을까 싶더라고. 널 의심하는 게 아니라, 내가 어떤 인간인지를 조금 더 객관적으로 볼 수 있었어. 솔직히 말해서 나도 나 자신에게 좀 질릴 면들이 많더라고."

야구하는 기계 인간.

지아가 했던 말들이 정말 크게 와 닿았다.

돌이켜 보면 야구만을 위해서 살았다.

그 외적인 부분에 있어서는 무관심했고, 흥미 자체를 주지도 않았다.

후회하는 건 아니다.

이런 삶이 있었기에 지금과 같은 기록들을 낼 수 있었으니까.

그렇다고 해서 당장 내 삶의 패턴이나 습관, 행동들이 바뀔 일도 없다.

여전히 내 인생에 있어 최우선은 야구다.

다만, 이전처럼 꽉 막힌 사고의 틀에서 한 꺼풀 벗어났다고 할까?

더 이상 뭐라고 표현하기가 힘들지만, 분명 내 속을 단단하게 조이고 있던 어떠한 막 하나가 깨진 느낌을 받았다.

형수가 진심으로 걱정스럽게 날 바라보며 조심스럽게 물었다.

"너… 설마 갑자기 삐뚤어지려는 건 아니지?"

『100마일』 7권에 계속…

FUSION FANTASTIC STORY
미더라 장편 소설

ODD LAWER
Devil's Balance

괴짜 변호사
악마의 저울

『즐거운 인생』 미더라 작가의
2015년 대작!

현직 변호사, 형사, 프로파일러, 범죄심리학 전문가 자문으로
현장의 생생함을 그대로 담아낸 현대 판타지!

『괴짜 변호사 : 악마의 저울』

"제가 왜 한 번도 패소한 적이 없는 줄 아십니까?"

"······."

"저는 법으로만 싸우지 않거든요."

법의 칼날 위에서 춤추는 자들과의
치열한 공방이 펼쳐진다!

독고진 장편 소설
FUSION FANTASTIC STORY

100마일
100MILE

160.93344km,
투수라면 누구나 던지고 싶은 공.

『100마일』

"넌 야구가 왜 좋아?"

야구가 왜 좋냐고?
나에게 있어 야구는 그냥 나 자신이었다.

가혹할 정도의 연습도,
빛나는 청춘도 바쳤다.
그리고 소년은 마운드에 섰다.

이건 역사상 최고의 투수를 꿈꾸는
어떤 남자의 이야기이다.

Book Publishing CHUNGEORAM

유행이 아닌 자유추구 -
WWW.chungeoram.com